U0565786

*The Dwarf
and
the Emperor*

侏儒与国王

赵大河 著

河南文艺出版社
·郑州·

图书在版编目(CIP)数据

侏儒与国王/赵大河著. --郑州:河南文艺出版社,
2023.12

(时间与疆域)

ISBN 978-7-5559-1533-1

Ⅰ.①侏… Ⅱ.①赵… Ⅲ.①长篇历史小说-中国-当
代 Ⅳ.①I247.5

中国国家版本馆 CIP 数据核字(2023)第 224764 号

选题策划	王淑贵		
责任编辑	王淑贵		
装帧设计	书籍 / 设计 / 工坊 刘运来工作室　徐胜男		
美术编辑	吴　月		
责任校对	梁　晓		

出版发行	河南文艺出版社	印　张	6.25
社　　址	郑州市郑东新区祥盛街 27 号 C 座 5 楼	字　数	122 000
承印单位	河南瑞之光印刷股份有限公司	版　次	2023 年 12 月第 1 版
经销单位	新华书店	印　次	2023 年 12 月第 1 次印刷
开　　本	787 毫米 × 1092 毫米　1/32	定　价	45.00 元

印厂地址　河南省武陟县产业集聚区东区(詹店镇)泰安路

邮政编码　454950　　电话　0391-2527860

目录

第一章

侏儒

生和死是一个整体，如同一枚硬币的两面，生离不开死，死离不开生。没有生就没有死，同样，没有死就没有生。人，以及所有的生命，都是生和死之间的一个过程。生死每天都相伴存在。

亲爱的兄弟，我不知道我为什么要给你写信，我不知道你的名字，不知道你住哪儿，不知道你是否活着，甚至不知道我是否存在过这样一个兄弟。人们说母亲生下我时，同时也生下了你，也就是说母亲生了对双胞胎。可是，我们是如此的不同——你六斤六两，而我只有二斤二两。你看上去健康正常，带给父母以喜悦；而我，简直不成样子，谁也不认为我能活下去。既然活不了，还留着干什么，于是我就被遗弃了。一个牧羊人把我捡回家，喂我羊奶，我竟然活了下来。但我长不高。我是一个侏儒。我不知道活下来是幸，还是不幸。不管幸还是不幸，这就是我的命运。后来我被送进宫里，成为一个小丑。我善于插科打诨，博人一笑。许多时候我只是说真话而已，在这个人人都说假话的地方，真话乍听上去自然显得可笑了。关于身世，其实只是一个传说，是否真实，无从考证。牧羊人我一点儿都不记得了。从记事起，我就生活在宫廷里。我怀疑这个牧羊人是杜撰出来的。因为我还听到另一种传说，说我是太后生的——我是太后的私生子。老皇帝早死了，太后生下我是见不得人的，于是就编了前一个传说。如果后一个传说是真实的，那么亲爱的兄弟，你就是不存在的。可我宁愿相信第一个传说，因为我希望我有你这么一个兄弟。你是另一个我，一个正常发育的我。人们说双胞胎有心灵感应，我不快乐时，你会忧伤，你疼痛时，我也能感同身受。有时候，我无来由地伤心，我就想，也许我那个兄弟有什么不幸。还有，前一段时间，我的肩膀很疼，也没有原因，我在想，兄弟，是不是你从马上掉下来摔伤了肩膀？总之，因为有你，所有无法解释的事情就都能解释了。

亲爱的兄弟，有时候我想找个人说说心里话，可是谁会去听一个侏儒说心里话呢？在他们眼里，侏儒根本不是人，是另外一种生物。什么生物呢？这种生物名就叫侏儒。因为他们不认为我是同类，所以许多事情就不背着我。如此一来，我成为知道秘密最多的人。比如，我知道国君不喜欢女人，他有龙阳之好，这一点宫里所有人都知道，估计朝中大臣也都知道，但谁也不敢公开谈论。如果谁谈论而又被举报了，就会以诽谤罪被处死。国君也不敢公开留宿男子，所以大多时候他一个人独睡。他每天晚上都会莫名其妙地从床上掉到地上。他醒时一定是睡在地上的。他认为这是神鬼对他的惩罚，所以从不敢声张。也许因此，他有所敬畏。每天早上他自己爬到床上沉思默想时，表情好玩儿极了，一点儿不像国君，倒像是个受了欺负无处诉说的孩子。比如，我知道执政大臣的身上长有鳞片，他一挠痒，白色的鳞片就会像雪花一样飘下来。他有超人的毅力，凡是有人在场，无论多痒，他都忍着，决不去挠。有时候实在忍不住，他就借故上厕所，在厕所里一通狠挠。他常常挠得鲜血淋漓，可见有多么痒啊。疼可忍，痒不可忍。他喜欢杀人。身上剧痒之时，他恨不得给自己一刀。谁这时候触了霉头是没有好果子吃的。再比如，执政大臣的女儿，嫁给栾将军的那位，叫祁。现在叫栾夫人。她年龄不小，儿子已长大成人，开始广交朋友了。她儿子叫盈。去年栾将军打仗时死了，她耐不住寂寞，与管家私通，嫌儿子盈碍事，就向父亲（也就是执政大臣）诬告儿子造反，儿子出奔宋国。执政大臣将盈的同党都杀了。栾夫人这样的女人真是天下少有，为了自己风流快乐，竟连儿子都不要了。林子大了，什么鸟都有，真是不假。上午我见到执政大臣，对他唱了一首颠倒歌：

打起喇叭吹起锣，

听我唱支颠倒歌；

满天月亮一颗星，

千万将军一个兵；

河里石头滚上山，

母亲最把儿子嫌。

执政大臣看我一眼，脚步没停就走过去了。他听到了我唱歌，但没意识到我是专门唱给他听的。亲爱的兄弟，我敢说人们的心智大多是关闭的。他们只能听到自己想听的，只愿相信自己所相信的。每个人在心里都认为自己对事物的判断最正确，别人的看法都是偏见。所以，侏儒唱的歌引不起注意也就没什么奇怪了。

亲爱的兄弟，扯了这么多，只是想让你对我有所了解。我告诉你我是什么人了吗？侏儒、小丑。对，记住这就够了。我所有的生活都与此有关。因为身高的原因，我看世界看的是下边的部分。下边的部分和上边的部分很不一样，上边冠冕堂皇，下边则是真相。就拿栾夫人诬告她儿子造反这件事来说，执政大臣杀了许多人，理由是平叛，为国为民，可是真相是什么？不就是她床上那点儿事吗？说难听点，为她这点儿事，多少人头落地。这个骚女人，真该下地狱。亲爱的兄弟，请原谅，我之所以说脏话，实在是按捺不住心中的愤懑。你没见过杀人的场面，如果你看到，你也会愤懑的。在校场上，一个个头颅被砍下来，滚烫的血，冒着烟，流成一条条热气腾腾的河。鲜血是属于下边的，屠刀是属于上边的，从来如此。直面鲜血的代价是我将自己的胆汁都吐出来了。还有，我一天没吃饭，我吃不下去。

被杀的人中有一个叫叔虎。他是叔向的弟弟。叔向你应该知道吧，人们说他是我们国家最具智慧的人。有一次我国和齐国打仗，大家都忙着喂马，磨刀，准备攻城。他却说不用忙活了，没仗可打，齐军夜里溜了。大家不信。他指着城墙上的乌鸦说，听，它们在说城空了、城空了。大家将信将疑。有胆大的去打开城门，确实是一座空城。你说，他是不是很聪明？当然，他的智慧不仅仅是表现在根据城头上的乌鸦判断城空了这点上。之前，他让人在山头、树林里插了许多旗帜，又让军车拖着树枝，弄得尘土飞扬，还让战车左虚右实，也就是齐军能看到的那一边有人，另一边是空的。据说齐国的国君登上城头，看到这番景象，以为漫山遍野都是敌兵，吓破了胆，夜里悄悄跑了。史官写下"齐师夜遁"四个字。这就是叔向，他看到城头上的乌鸦时，肯定心里在笑，敌人中计了。叔虎被杀，叔向被抓了起来。叔虎被杀，是因为他和盈交往亲密，被认为是盈的同党。叔向被抓，是因为他是叔虎的哥哥，连坐。他多半也要被砍头。这有先例。我今天去看叔向，他在睡觉。监狱里，他竟然还能睡着，而且睡得正酣，就像在自己家里一样。我把他叫起来，他怪我扰了他的梦。也许他在梦里享受着自由，如果真是这样，我应该等他将梦做完。我说，我国最有智慧的人，也落到了这步田地，你的智慧哪里去了？他说，我至少还活着，难道这不是智慧吗？活着算什么智慧。他说，优哉游哉地活着本身就是智慧。我嘲讽他，他没听出来吗？也许他听出来了，所以才这样搪塞我。或者，他根本不想和侏儒谈什么智慧。牢房里的气味很难闻，连猪圈都不如。他神态自若，如同在自己家里一样，该吃吃，该睡睡，连"优哉游哉"这样的话也说得出来。

如今，大家都认为能救他的人只有王鲋了。王鲋是国君的宠臣，只有他能给国君说上话。这个王鲋，我经常见到。但他从来不屑于看我一眼，他的眼睛向上翻，看不到我这么高的人。亲爱的兄弟，你知道什么叫志得意满吗？只要看看王鲋的样子，你头脑中就会留下关于这个词语的永恒形象。他红光满面，趾高气扬。有的人是眼睛放光，他则是脸皮放光。亲爱的兄弟，你绝对想象不到，今天王鲋也到监狱里来了。他当然还是那副样子，眼睛向上翻，根本看不到我。他是来见叔向的。牢房里的气味让他皱了皱眉头，他应该捏住鼻子的，可是没有。他对叔向说，我可以为你向国君求情。听他那口气，叔向的生死完全操控在他手里，他叫你生你就生，他叫你死你就死。他不知道发了哪门子善心要来救叔向。

亲爱的兄弟，接下来发生的事真让人难以理解。叔向闭上眼睛，对王鲋不理不睬。一个将死的人有必要这么傲慢和无礼吗？尽管我很看不惯王鲋的样子，乐意看他被一个死囚这样怠慢，但为叔向考虑，这样值吗？不管怎么说，我很佩服叔向，他让这个趾高气扬的人下不来台。这就是叔向，有骨气，不怕死。叔向做得更绝的是，王鲋离开时，他也不礼节性地拜一拜。看到叔向这样对王鲋，我就不再为叔向刚才搪塞我而不快了。王鲋大概气坏了吧，有人如此不识抬举，出乎他的意料，我第一次看到他脸上不放光了，一团灰暗。王鲋走了之后，我对叔向说，大傻瓜大傻瓜，你是我见到的天下头号大傻瓜。叔向说，何以见得？他现在又和颜悦色了。看得出他有兴趣和我讨论问题。我说，宁可得罪君子，不得罪小人，你不会不懂这个道理吧？叔向说，王鲋救不了我。我说他可是国君跟前的红人，他若救不了你，就没人能救你了，你是不是已做好被砍头的准备？他说，没有人不想活着。我说，你就是在找死，王鲋救不救得了你我不知道，但我知道，他想让你死却很容易。王鲋这种人，我太了解了，成事不足败事有余。亲爱的兄弟，我就先给你说说后边发生的事吧。我说过我知道很多秘密。国君喜欢和王鲋在一起，他们又到一起时，国君问王鲋，他怎么看叔向的罪。王鲋说，叔向这个人一向重兄弟感情，他弟弟造反，他不可能不参与。你听听，这话不是一支毒箭是什么？这种人，巴巴地跑去说要救人家，人家不领情，他就在背后害人家。小人，标准的小人。人们说我是小人，只是说我个儿小。而他却是个地地道道的小人。叔向，那么智慧的人，应该能猜到这种结果。我不明白他为什么要得罪王鲋。

还回到正题上，我问叔向，王鲋救不了你，你认为谁能救得了你？他说，只有祁奚能救得了我。祁奚，这个名字我倒听说过，只是没见过他。听说他现在走路都困难。他退休十几年了。他退休就是因为身体不好。权力，所有人都喜欢，一般人不到咽气那一刻不会撒手。这老头儿不一样，他说撒手就撒手。他辞官时，国君让他举荐代替他的人，他举荐了解狐。国君很吃惊，那不是你的仇人吗？他说你让我举荐能代替我的人，他正是合适的人选。可是解狐没这个命，任命还没下达，他就得急病死了。国君于是又让祁奚举荐，他说祁午可以。国君说，那不是你儿子吗？他说你让我举荐能代替我的人，除了解狐，祁午是合适的人选。这个故事人们津津乐道，说祁奚这老头儿外举不避仇，内举不避亲。我搞不明白，叔向怎么想到了这个老头儿。这老头儿，恐怕抱孙子都抱不动，逗逗孙子倒可以。他多少年没进宫了，指望他救你，你可真敢想。我说，你的脑袋是不是让门板挤了，坏掉了，不指望王鲋，却指望这样一个老头儿？叔向说，能救我的只有此人。我说，你头脑发热吗？说胡话哩？叔向说，他救我我则生，他不救我我则死。哼，说得那么肯定，好像他洞悉一切似的。我说，就算是这样，可是这老头儿十多年都没出来了，没听说他管过什么闲事，你是他什么人，他会为你的事而出山。叔向说，你不懂，他不会眼睁睁看着我被杀而不管的。我真的不懂，且看下去。

亲爱的兄弟，先把叔向放一边，我给你说点儿八卦。这是我在大街上听来的。这个案子牵扯那么多人，街头巷尾全是议论此事的。人们说叔向母亲是个母老虎，叔向他爹娶了一个漂亮的小老婆，这母老虎就是不让他们同房。叔向他爹也够老实的，不让同房就不同房。你想想，放着这样一个美人，不能享受，叔向他爹该有多难受啊。就像给你嘴边放块肉，却不让你吃，你能好受？叔向看不过去，劝他母亲。他母亲说深山大泽，容易生龙生蛇，这个女人美得不祥，我怕她生龙生蛇，祸害家庭。叔向自然不信，还劝。他母亲倒是听儿子的劝，将丈夫让给这个美人一宿。叔向他爹没浪费这个机会，下了种，发了芽，生下了一个胖小子。这小子越长越好看，既威武有力，性格也好，人们都喜欢他。他与执政大臣的外孙盈交往密切，这就遭了祸，被砍了头。人们都说叔向的母亲要坚持不让丈夫和美人睡就好了。真不知道叔向家里的事人们是怎么晓得的。兄弟，我给你说这个八卦，是想让你知道知道都市里的人多么爱嚼舌根子。

　　亲爱的兄弟，我夜里做了一个梦，梦到我与叔向在探讨生死问题。场景还是牢房，白天那股难闻的气味在梦里又出现了。这是牢房特有的气味。我在梦里还是侏儒，但不再插科打诨，而是一本正经。可能这样才配和叔向讨论问题吧。我问他怎么看待生死。这是每一个人都要面对的，似乎每个人都明白，但没人能真正说得清楚的问题。我想听听叔向怎么说。我奇怪我为什么问这样的问题。我说，你现在面对的就是死亡，你不可能不想这个问题，既然想了，我很想知道你是怎么想的。还有，你怎么能够那么平静，该吃吃，该睡睡，你心里难道没有恐惧吗？叔向会心一笑，从容、平静。内心多么强大才能这样啊。他说，生和死是一个整体，如同一枚硬币的两面，生离不开死，死离不开生。没有生就没有死，同样，没有死就没有生。人，以及所有的生命，都是生和死之间的一个过程。生死每天都相伴存在。你活着的每一刻是生，但须臾之间，前一刻就死亡了。生是当下的生活，死亡是过往的生活。人们都知道死亡在前边等着我们，却不知道死亡也被我们抛在身后。生，就是这样一种状态，前边是死亡，后边也是死亡。转眼之间，前一个我已被死亡捋去，这一个又正在扑入死亡的怀抱。死，其实每时每刻都在发生。既然每时每刻都经历着死，那么，死有什么好怕的呢？这是通常意义上的生死。更高层面的生死则超越了这些。一个人的生命不仅仅是肉体的生命，还有更高形态的生命。你记住一个人，那么他在你的头脑中就是生。你忘掉一个人，那么他在你的头脑中就是死。所以圣人说死而不亡者寿。人，虽然肉体死亡，但仍可以活在许多人的头脑中。从这点来说，那些立下奇功的君王，那些立下不朽言论的哲人，那些立下道德标准的圣人，是不死的。他们因自己伟大的功业，而在人们的头脑中永生。肉体的生命是短促的，但另一个生命却可以长生不老，永生不死。如果明白了这些，面对死亡还有必要恐惧吗？再者，我们只能改变可以改变的东西，不能改变的，就坦然接受吧。恐惧有用吗？难道恐惧能改变事情的结果吗？命运，已经发生的，不可改变的，注定到来的，都是命运。人，不是要屈服于命运，而是要接受命运……

天啊，他说起生死来真是滔滔不绝。他的话我并不完全理解，但又似乎是明白的。如同一盏灯，照亮了黑暗的屋子，我看到了屋子的内部，知道有什么家具，什么物品，但有影子，我还看得不是很清楚。我怕忘了他的话，夜里爬起来我就把这些记了下来。记下之后，我在想，梦真是奇怪，这些话不可能是我说的，只能是叔向说的，可他是怎么进入我梦中的呢？梦，这是另一个世界，在那个世界里什么神奇的事都会发生。人可以变形，死者可以复活，侏儒可以和最有智慧的人交流。我的兄弟，我真希望我能梦到你，在梦中看看你是什么样，你怎样生活。我对你的好奇不亚于我对整个世界的好奇。乡村的生活可以想象出来，日出而作，日落而息，单纯、平静，没有是非，没有争斗。冬天围着火炉看漫天飞雪，想到来年的收成，心里会溢出笑声。秋天瓜果飘香，空气像醇厚的酒一样让人陶醉。夏天骄阳似火，树荫下则是天堂，在那儿乘凉，别提多惬意了。树上有鸟叫，还有蝉鸣，池塘里蛙声一片，草垛边公鸡追逐母鸡，路上鸭子大摇大摆地散步，村头大白鹅仔细梳理着羽毛，猪一身泥水从水塘里上来，志得意满如凯旋的将军。这是怎样一幅画面啊。春天大地像铺上了毛茸茸的地毯，柔软鲜艳，让人想在上面打滚儿，村边的某棵树一夜之间变得明亮耀眼，那是花开了，蜜蜂和蝴蝶在花丛中飞来飞去，煞是好看。兄弟，我不能再想象了，越想象我就越羡慕你的生活。就像梦中叔向说的——命运。我的出生，即我的命运。侏儒是我的命运，小丑是我的命运，在宫廷里是我的命运。在你，命运应该就是：健壮，劳作，收获庄稼，娶妻生子。兄弟，我多么想过你那种生活啊。

亲爱的兄弟，我还是回来给你说说叔向的生活吧。说他的命运。他说，这世界上只有一个人能救他。这个人就是祁奚——一个连路都走不动、快进棺材的老头儿。前边我给你说了，祁奚有"外举不避仇，内举不避亲"的美名。但那是多早的事啊，距今有十八年了。也就是说他离开朝堂有十八年了。十八年足以让人们忘掉一个人。但叔向没忘这个人。我想，如果叔向不是关在牢房里，他会想起这个人吗？不过话又说回来，若换作别人，即使关在牢房里，朝中大臣想遍，大概也不会想起这个老头儿。这个老头儿到底是什么样的人，我很想见识见识。

今天，我到了祁奚家。他的家倒不难找，街上一问就问出来了。敢情很多人都知道他住哪儿。人们很乐意帮助一个侏儒。一位大娘还送给我一个炊饼，不要都不行。这就是当侏儒的好处。人们会把我当孩子一样看待。我见到祁奚的时候，祁奚正准备出门。这个老头儿可真够老的，胡子雪白，脸上的皱纹里能藏千军万马。他的皮肤和用旧的马鞍子一个色。他看上去慈眉善目，是一个好好的老爷爷。我真希望自己能有一个这样的老爷爷。兄弟，我想你也希望有这样一个爷爷吧。我们的心是相通的，愿望也应该差不多。祁奚坐在椅子上，仆人在为他套马车。他站起来都困难，只能坐着。他平时不大出门，所以我在街上从未见过他。他穿戴很整齐，也很正式，看来是要出席什么重要活动。亲爱的兄弟，我提前告诉你吧，他是要去见执政大臣。我是后来才知道的。一个侏儒出现在他家院子里，当然引起了他的注意。他招手让我到跟前，笑着对我说，孩子，你是来为我唱歌的吗？我说我很好奇，我来看看你是不是三头六臂。老头儿乐了。亲爱的兄弟，说出来这样的话我自己都感到很吃惊，这会儿舌头不听我的，它自己说的。可能叔向的话影响了我，他那么坚定地认为老头儿能救他，我潜意识里就把老头儿想象成神话中的英雄。老头儿乐了，说，你不光会唱颠倒歌，还会说颠倒话。老头儿成精了，连我唱颠倒歌的事也知道。我说，歌可以颠倒，话可以颠倒，是非也会颠倒吗？老头儿抚着我的头感叹，人都说人小离心近，果不其然。仆人套好马车，请示走不走。祁奚从身上摘下玉玦对我说，这是老夫随身所佩，今天送给有缘人。他竟然送我玉玦。兄弟，君子配玉。玉可不是一般的礼物，不是老大娘的炊饼。素昧平生，他竟送我玉玦。送一个侏儒玉玦。我热泪盈眶。他说，你看这玉有缺口，不完满，世界是这样，人生是这样，是非也是这样。我当时还不能理解他送我玉玦的深意。只是他送我玉玦，这行为本身是把我当成一个人看待的。要知道在宫廷中没有人把侏儒当人看待。你也许会问，那么他们把侏儒当什么看待？我告诉你，他们把侏儒就当侏儒看。在他们眼里侏儒是既别于人又别于其他动物的一种生物。这种生物就叫侏儒。老头儿示意仆人，仆人将他抱上车。仆人拍拍马臀，马车启动了。老头儿回头看我。他的目光中有你从未见过的东西。不是怜悯，不是同情，是爱。兄弟，你说他像不像爷爷？也许只有爷爷看孙子才会有这样的目光。这目光让我相信了叔向所说的话，他说，他不会眼睁睁地看着我被杀而不管的。我相信，我完全相信。我看着马车消失在大街上。我干什么来的，我想告诉他有一个人说只有他能救他。可是我没说。叔向没让我传话。他去见执政大臣了，去为叔向奔走。

亲爱的兄弟，祁奚见执政大臣的情景和他说的话，史官都记下来了。引经据典的话文绉绉的，你大概听不懂。他主要是说叔向是国家的柱石，谋略和道德都是一流的。楚国宰相曾感叹，不能与晋国争霸，因为晋国有叔向。祁奚说到了三个典故。第一个是说治水的，估计你听说过。说的是古时候天下发大水，舜派鲧治水，鲧用堵的办法失败了，舜将鲧流放了，又让鲧的儿子禹治水，禹用疏的办法，挖山开河，将水导入东海，成功了。你看，做的是同一件事，儿子并没有延续父亲的错误。第二个典故说的是商朝的事，伊尹当宰相，国君太甲荒淫，伊尹将太甲赶往桐宫，让他反省，三年后太甲变好了，伊尹又将他接回来，让他继续当王，太甲没有因为这件事恨伊尹。你看，这对君臣，他们心中相互没有疙瘩。第三个典故，是说周公的两个弟弟管叔和蔡叔造反，周公将两个弟弟杀了，继续辅佐成王。你看，兄弟也是不一样的。

祁奚说杀那么多人有啥用，难道为了叔虎的事，就要杀叔向，不考虑国家利益了吗？你当执政大臣，谁敢不尽心尽力，杀那么多人干啥？祁奚说的话，执政大臣听进去了。叔向可不是一般的人才，杀了太可惜。他之所以没有立即将叔向杀掉，心里本来就是犹豫的。祁奚这老头儿说得这么明白，何必一定要杀叔向呢。他那会儿痒病没犯，心情很好，就吩咐备车，让祁奚坐他的车，他们一块儿进宫，请求国君赦免叔向。本来这事儿他就能定，之所以多此一举，是为了做个顺水人情，给国君个面子。

亲爱的兄弟，接下来的事没有什么悬念。国君当然清楚，所谓的叛乱，差不多是执政大臣的家事。执政大臣为了女儿，将外孙赶走了，将外孙的朋友都杀了。叔向只不过是受牵连而已。叔向是国家的宝贝，不杀最好。于是国君赦免了叔向。我回来还赶上叔向被放出来。这个人，也没见他多高兴，他的表情还和在牢房里一样。你不佩服不行，他真是个人物。祁奚也不含糊。这老头儿救了叔向之后，也不见叔向就直接回家了。叔向知道是祁奚救的他，也不先去给祁奚说一声我被赦免了，就直接上朝。这两个人，他们不照面，心却好像交流了一千次。兄弟，这让我想起了一个词——相知。从他们这儿，我懂得了这个词的含义，也知道了这个词的分量。

亲爱的兄弟，这就是叔向和祁奚的故事。一个关于生死，好像又不仅仅是关于生死的故事。不知道你是否对这样的故事感兴趣，你若感兴趣，我还会给你讲其他的故事。

第二章

弒君者

国君就正在变得既疯又傻，而不自知。他认为自己至高无上，生杀予夺，全在他一念之间。他大概从来没想过，如果他不是国君会怎样。

亲爱的兄弟，每个人都渴望交往，渴望被爱和关注，渴望有地方倾吐心声，侏儒也一样。可是一个待在宫中的侏儒注定是得不到这些的。在这儿，人们看侏儒就像看一个会说话的猴子，谁会去听一个猴子说心里话呢？兄弟，说这些，我是想告诉你，你对我是多么重要啊，一想到你，我就不再感到孤独了。有许多话我是不能对别人说的，说了会招来杀身之祸，可是，对你说就没问题，我不用担心你会出卖我。

亲爱的兄弟，我不知道人们是如何想象宫廷的。你能告诉我，你是如何想象宫廷的吗？是不是美女如云，酒池肉林，山珍海味，绫罗绸缎？对，没错，可这只是表象。那么，什么是本质呢？我告诉你吧，凶险。这里是世界上最为凶险的地方。说错一句话，做错一件事，可能脑袋就搬家了。而对与错，由谁来决定呢？当然是国君了。国君十六岁，是个胖子。他主宰一切。他喜欢玩弹弓。他拿弹弓打鸟，有的鸟落在很高的树枝上，他打不着，于是下令将全国高大的树都砍了。我想，你虽然在偏僻的乡村，但你那儿的大树肯定也遭了殃吧？普天之下，莫非王土嘛。国君为了有充足的弹丸供他打弹弓，就下令全国人民放下农活不干，为他造弹丸。兄弟，你也造过这弹丸吧？听说许多地方为赶造弹丸，任凭庄稼烂在地里。不收庄稼，来年会饿死，但不造弹丸，当下就会被打死。宫廷中弹丸堆积如山，国君每天不吃不睡，不停地打，几辈子也打不完。各地还在源源不断地送来弹丸。后来，国君已经不满足于打鸟了，打人给他带来更大的快乐。他用弹弓打宫女，打瞎了萝的一只眼睛，打掉了兰的两颗门牙，打得梅头破血流。还有两个宫女，竹和菊，因为躲避，被他杀掉了。看谁还敢躲！现在国君拿起弹弓，没有一个宫女敢躲。即使两股战栗，落颜变色，也不敢移动半步。这样打了几次，国君又觉得没劲了。前天上朝，国君拎着弹弓。大臣奏事时，他用弹弓瞄准一个老臣，嗖——一个弹丸呼啸而去，老臣额头中弹，眼冒金星，顿时倒地。朝堂大乱。国君哈哈大笑。国君的笑声冲破屋顶，惊起一群正在休息的鸽子。国君笑过之后，又拿起弹弓，嗖嗖嗖，又是几颗弹丸飞出，又有几个大臣中弹。这时候，估计大臣们都恨不得变成侏儒。侏儒目标小，不容易被弹弓打中。兄弟，我没在朝堂上，但我能想象到朝堂上的混乱。退朝时，大臣们一个个狼狈不堪，灰头土脸，全无威仪可言。国君真是越来越荒唐了。身为宰相兼大将军的赵盾，决定向国君进谏。

亲爱的兄弟，我给你说说赵盾这个人吧。赵盾是赵衰的儿子。赵衰，我估计你更不了解了。赵衰是辅佐前国君重耳的大臣，重耳在外流亡十九年，赵衰一直跟随左右，共同患难，立过大功。狄国有两姐妹是公认的美人，重耳娶了妹妹叔季，赵衰娶了姐姐叔隗。按亲戚关系，赵衰是重耳的姐夫。重耳后来又将自己的女儿嫁给了赵衰。这时赵衰又成了重耳的女婿。兄弟，你说说赵衰与重耳的关系是不是很铁。赵盾作为赵衰的儿子，襄公时就当了宰相和大将军。襄公死的时候，赵盾是顾命大臣。那时候，现在的国君——他叫夷皋——还在襁褓之中。襁褓中的婴儿如何管理国家？所以赵盾摄政十四年，今年初还政给国君。赵盾这个人，不知是摄政时间太长，还是天生如此，身上有一种可怕的威严。无论多么喧闹的场所，只要他一出现，立即鸦雀无声。人们说他爹是冬天的太阳，他是夏天的太阳。冬天的太阳让人感到温暖亲切，夏天的太阳让人感到威力无穷。这就是赵盾，连我们这些伶人都怕他。我，一个侏儒，装疯卖傻，胡说八道，人们从不计较，但在他面前，我也有点发怵。他毫无幽默感，过于严肃了。他摄政的时候，有一次我对他唱：

摄政王，摄政王，
十八国，都怕你。

摄政王，摄政王，

这世上，你怕谁？

　　他盯着我看了半天，说，人都说侏儒爱说实话，那你说说我怕谁？我说，是我先问你，你应该先回答我。他说，我不知道我怕谁，如果你知道，请告诉我。我说，你心里很清楚，还用问我？他说，说说何妨。我说那你可不许怪罪我。他说，我不怪罪你，说吧。我说，你怕国君。他马上转身而去。显然被我说中了。他许多天悒悒不乐，头上顶着一块乌云。后来他将权力交给国君，头顶上的乌云才散去。我不知道他交出权力是否与我说的话有关，但我清楚地知道，他必定怕国君。我经常陪国君玩，知道国君顽劣成性，天不怕地不怕。一个老成持重的大臣，必然会怕一个不按套路出牌的国君。

　　赵盾求见的时候，国君正与我们几个伶人在后花园玩捉迷藏。国君想都没想，就对通禀的太监说不见。过了一个时辰，又有太监通禀赵盾求见，国君大发雷霆，吼道，要我说多少遍，不见不见不见。这时捉迷藏已经结束了，国君正在享受宫女的按摩。他一脚踢翻凳子，赶走宫女，气咻咻地踱来踱去。赵盾一直站在门外倒也罢了，竟然让太监三次通禀，这不是逼他是什么？国君知道赵盾要说什么。不就是那些大道理吗？不就是弹弓吗？这些还用他说？我有些看不下去了，于是唱道：

国君大，宰相小，

宰相大，国君小，

宰相要见国君，

国君不见宰相。

亲爱的兄弟，当侏儒的好处至少有一点，那就是可以说真话。别人说真话，会被砍头，侏儒不会。国君问我，到底是国君大，还是宰相大？我说，论权力，国君大；论年龄，宰相大。我的话没毛病，国君抓不住把柄。我想说的是，赵盾那么大年纪，当国君的父亲都绰绰有余，对父辈老臣不应该这么无理，即使身为国君。但一个侏儒的话会有什么力量呢？国君仍然拒见赵盾。据说赵盾又在门外站了很久，直到天黑下来才回去。

权力真是可怕，能让人变成疯子，也能让人变成傻子，或者让人变得既疯又傻。国君就正在变得既疯又傻，而不自知。他认为自己至高无上，生杀予夺，全在他一念之间。他大概从来没想过，如果他不是国君会怎样。亲爱的兄弟，不要以为国君是天生的，没有谁天生就是国君。只有当上国君，才是国君。国君如果没当上国君，他不过是一个名叫夷皋的小子而已。他想见宰相，恐怕不易。哪儿还有他拒见宰相之事。朝中上点年纪的大臣都知道，夷皋当初差一点儿没当上国君。

前边我说过，襄公死的时候，夷皋还在襁褓之中。虽然襄公托孤与赵盾，但朝中大臣都认为让一个婴儿当国君，不利于晋国的霸业。晋国西有强秦，南有强楚，东边齐国也不容小觑。宋、卫、郑等小国名义上归顺，其实离心离德。这时候，一个成年人当国君对国家更有利。赵盾也是这样认为的。他决定以国事为重，请襄公的弟弟当国君。襄公有两个同父异母的弟弟——雍和乐。雍的舅舅是秦国国君，乐的舅舅是陈国国君。雍在秦国，乐在陈国。赵盾让大臣先蔑、士会去秦国迎雍。另外有大臣去陈国迎乐。赵盾哪儿能容许别人和他作对，派人在路上将乐杀了。秦国国君希望雍当晋国国君，这样秦晋就自然而然成为盟友。与晋结盟，秦就无东顾之忧了。秦国非常重视这件事，派一支大军护送雍回国，免得生变。但还是生变了。襄公的夫人穆姬听说赵盾和大臣们不打算执行先君遗嘱，要舍弃夷皋，另立国君，就抱着夷皋天天到朝堂上哭诉。她作为君夫人，赫赫威仪仍在。她边哭边骂，大臣们一个个都不敢面对她。国君刚死，尸骨未寒，你们就要造反，你们的良心都让狗吃了吗？先王有灵，他的灵难道让你们欺负孤儿寡母吗？人在做，天在看，你们就不怕报应吗？晋国是谁家的晋国，我们家的，还是你们家的？等等。她是一个厉害的女人，大臣们都怕她。对一般大臣来说，谁当国君都一样。赵盾是宰相兼大将军，他们都听赵盾的。君夫人哭了几天，也看出那些大臣都是尿包，主事的只有一个人，那就是赵盾。于是她抱上儿子到赵盾家里哭诉。这下赵盾躲无可躲，只得面对君夫人了。君夫人问赵盾还记得国君临终所托吗，这个孩子有出息了，是你的功劳，这个孩子若不成才，他在地下也会怨你的。国君言犹在耳，你就要背叛他吗？赵盾有些怕这个女人。他说我也是为国家考虑，国家多难，立君宜长。再说了，夷皋是个娃娃，怎能挑起这副千钧重担？君夫人一句话就将他堵回去了。夷皋是个娃娃，不是还有你们一班文臣武将吗？你是宰相，又是大将军，你难道不能挑起这副担子？这明摆着是让赵盾摄政。仿佛当头棒喝，赵盾被这个叫作权力的东西砸晕了。他改变了主意，决定立夷皋为国君。为此不惜得罪秦国。兄弟，你看，若当初赵盾不改主意，雍就是国君，夷皋呢，不过是个无名小子而已。那时候，夷皋的命运攥在赵盾手里。如今，夷皋亲政，赵盾的命运攥在夷皋手里，反过来了。真是此一时，彼一时也。

亲爱的兄弟，我记得我说过国君越来越荒唐了。我不知道我为什么要用荒唐这个词，可能是我在宫廷中生活得太久了，潜移默化中认为权力对某些人物具有赦免作用吧。其实，用残忍、疯狂、愚蠢这些词语来形容国君才是恰当的。就拿今天的事来说吧，他因为厨师没将熊掌烧熟，就将厨师给杀了。他甚至不给厨师解释的机会。厨师说熊掌八分熟最有营养。国君哪里听得进去，一剑就将厨师杀死了。兄弟，这就是宫廷，人命一钱不值。死了就死了。权力就像一头怪兽，会吃人的。国君命令宫女将尸体塞进筐子里，抬出去扔掉。厨师是个大块头，筐子太小，装不下，只好让厨师的手露在外面。她们从大殿经过时，等待上朝的赵盾看到筐子里露出的手臂，叫住宫女。打开筐子，他看到被杀的厨师眼睛还在瞪着，死不瞑目。赵盾问厨师因何而死，宫女们支吾半天，看不说实话难以脱身，就如实说了。赵盾一时冲动，不待通禀，就闯进宫去见国君。国君看到赵盾并不感到惊讶，冷冷地看着赵盾，问什么事让你如此失礼，不待召唤就进来。赵盾说，因为熊掌没烧熟就杀人，传扬出去有损国君形象。国君问，说完了吗？赵盾又说，昨天国君无缘无故用弹弓射大臣，有失体统。国君又问，说完了吗？赵盾还要说什么，话还没出口，国君又问，说完了吗？这明摆着极不耐烦，不想听他再说下去。赵盾张着嘴，硬生生地把要出口的话咽了回去。国君在气势上压倒了赵盾。国君说，朝中除了你，没有人敢对我说三道四，你以为你是宰相、大将军，就了不起，我告诉你，我只要伸出一个手指头，就能把你捻死，你信不信？赵盾没想到国君会如此赤裸裸地威胁他，一时不知道该如何回答，木然地站在那儿，进也不是，退也不是。国君戳着赵盾的额头，说走着瞧吧。赵盾脸色苍白，退了出去。他魂不附体，走路都走不好，出门时差点儿摔跤。俗话说官大一级压死人，兄弟，你看，赵盾也算是一人之下万人之上了，可这"之上的一人"几乎将他压成齑粉。赵盾走后，我对国君唱道：

国君要玩火，

宰相不让玩；

国君生气了，

宰相吓跑了。

　　国君看我一眼，没理会我。我不知道他是否会明白我所说的玩火指的是什么。兄弟，你想想，他虽然是国君，但毕竟还年轻，不谙世事，和一个摄政十几年、手握兵权的宰相过不去，不是玩火是什么？我不知道国君是怎么想的，一个十五六岁的孩子，他的内心世界很难捉摸。

　　接下来国君做的事却让我看到了他的狠与蠢。他要除掉赵盾，可能是忌惮赵盾的地位、权威和势力，他没走正常程序，而是派大内高手菊几去刺杀赵盾。国君杀大臣，采取这种手段还是比较少见的。兄弟，我给你说说菊几的武功吧。首先是轻功，据说他踏雪无痕，能在鸡蛋上跳舞；再说剑术，他有一把宝剑，名为闪电，说的是他出手如电，你看不到剑，只看到一道光，命就没了；还有他的身手，敏捷如猿猴，攀爬蹿跃，罕有匹敌。他有一个绰号，叫影子杀手。他取人性命，只是刹那间的事，因而无人见过他的真面目，最多只是看到一个影子。他出道以来从未失过手。这次他很重视。夜里潜入赵府，伺机下手。黎明前，天还一团漆黑，赵盾就起床，穿戴整齐，准备上朝。车夫已备好了车。大人，天还太早，宫门还没开呢。车夫说。赵盾也意识到起得太早了，他说，那就等等吧。他也不回屋，而是恭敬地站在门廊下，等着上朝。这一切菊儿都看在眼里。一个人在家时还能如此恭谨，实在难得。难怪赵盾在民间口碑很好，他的确是谋国之臣，难道我的剑要杀死一个为国为民的大臣吗？菊儿对他的使命产生了怀疑。杀一个好大臣不祥，可菊儿答应过国君刺杀赵盾，违背自己的诺言，在他也是从未有过的。他做人的第一准则就是守信。菊儿从赵府出来，在街头徘徊，不知何去何从。他看到一个扫大街的老头儿，上前请教问题。他说，老人家，如果一个人杀了一个好大臣，他该怎样？老人说该死。他又问，如果一个人违背了他对国君的承诺，他该怎样？老人说该死。菊儿谢过老人，说领教了，我就是那个该死的人。他向老人家说了他的两难境遇，然后在大槐树下自刎而死。

国君在王宫中等待菊儿回来复命，左等不来，右等不来，派侍卫去打听，带回来的却是菊儿在大槐树下自刎的消息。国君气得浑身发抖，将手中的玉佩摔得粉碎。这块玉佩他是准备赏赐给菊儿的，现在用不着了。刺杀失败，并没有让国君罢手。只过了半天时间，国君就又出招了。他派人去请赵盾，说要君臣共餐。国君赐宴，赵盾没有理由不来。国君埋伏了二十名刀斧手在幕后，等待着赵盾到来，准备将赵盾剁成肉酱。赵盾没想到国君这么快就要对他下手。他可能认为国君只是个不懂事的孩子，说说狠话，吓唬吓唬他而已。他已还政于国君，决心做一个忠臣，国君没必要杀他。他自认为对国家有用，国君还离不开他。当然，他想错了。这说明他还不了解国君。赵盾坐着马车来赴宴，没带任何护卫。赵盾毫无防备地入宴。

为赵盾赶车的是提弥明。亲爱的兄弟，我给你说说这个提弥明吧。他是个爱开玩笑的家伙，总是喜欢取笑别人。我认识他可不是一天半天了，他每次见到我都要捉弄我。他像老鹰抓小鸡一样抓住我，将我抛到空中，再接住。我很害怕，每次都尖叫，我越叫他越开心。所以一见到他，我就跑，可没有一次能摆脱他。你想想，我是一个侏儒，而他则是男子中身手极为矫健的，据说他能追上奔马。这天，我到后厨转悠，看到他正在啃一个鸡腿，我拔腿就跑，希望他没看到我。但听身后一阵风，我知道，不好，他追过来了。我往一块帷幔后面躲，刚进去，就被人一脚踹了出来。在身体飞出的过程中，我看到一队刀斧手，个个手持利刃，杀气腾腾。提弥明将我接住。我相信他也看到了里边的刀斧手。他将我放下，我还没站稳，他就消失了，其快如风。

提弥明来到宴会厅，国君与赵盾刚刚饮下第三杯酒。提弥明上前说，国君赐酒，三杯礼成，即该告退，难道要喝醉不成？提弥明平时脸上总是挂着自来笑，此时却严肃得可怕，口气仿佛老子训儿子。赵盾是何等聪明之人，看提弥明如此反常，立即意识到了危险。即使这时候，他也没忘记礼节，起身向国君施礼。提弥明不容他施礼结束，一把抓住他就往外奔。国君看赵盾要走，吹个口哨，大獒像一道黑色闪电，向赵盾扑去。提弥明转身，凌空抓住大獒的前肢，身子一旋，将大獒向柱子上摔去。"噗"的一声闷响，大獒顿时没了气息。赵盾说，大獒岂能杀我！他话音未落，刀斧手们已经冲了出来，一片刀光剑影。国君大叫，砍死他，砍死他。赵盾和提弥明都没有武器。提弥明空手格白刃，保护赵盾出门。主公快走！这是他最后的声音。他死于乱刀之下。眼看几个刀斧手追上了赵盾，赵盾命在旦夕。休矣，赵盾慨叹一声。

　　突然，不可思议的一幕出现了。最先追上赵盾的刀斧手，不但没有杀赵盾，反而转身保护赵盾，和其他刀斧手打起来。这个人武艺高强，勇冠三军，一人对十九人，竟然不落下风。他成功地保护赵盾离开王宫，驾车而去。

　　亲爱的兄弟，你一定对这个反水的刀斧手很好奇吧？我也和你一样好奇。我给你讲的故事有些是我亲眼看见的，有些则是事后我根据听来的各种消息归纳整理的。我相信事情正如我讲的那样。兄弟，赵盾和你我一样，对救他的这个人深感好奇。赵盾没有回府上，府上不安全。到了安全的地方后，赵盾提出了这个问题：义士为何救我？那人说，宰相可记得三年前桑下饿人？三年前，赵盾到桑下打猎，遇到一个奄奄一息的人。赵盾给了他一块干粮，那人只吃了一半，不再吃了，将另一半塞进怀里。赵盾感到奇怪，一个快饿死的人，为什么不吃完呢？赵盾问他。他回答说，我离家五年，如今快到家了，家中还有老母，不知是否还健在，我想将这块干粮带给母亲。他的孝行让赵盾感动，于是又送给他一些干肉。倘若不是此人的孝行，这件事赵盾早就忘了。那人说他回到家，母亲已去世，便外出谋生，被招进宫中，充当国君的刀斧手，于是有了报恩的机会。赵盾问其姓名，那人说，恩公操劳国事，就不必费心记小人的名字了。那人看赵盾已经安全，就告辞了。后来我打听出了此人的名字，他被招进刀斧手队伍，自然有名册，不难打听，他叫灵辄。在菊儿身上，我看到了一个人内心的道德律令。在灵辄身上，我则看到了人类高尚的情操。

有人因为我唱过"国君要玩火，宰相不让玩；国君生气了，宰相吓跑了"这首歌，而私下里称我为预言家。他们只看到"宰相吓跑了"这个结果，没看到我所警告的玩火的危险。俗话说，姜是老的辣。国君与宰相摊牌，表面上看国君是刀俎，宰相是鱼肉，国君想怎么收拾宰相就怎么收拾。实际情况又如何呢？结果不难猜到，死的是国君，而非赵盾。杀国君的是谁，赵穿——赵盾的侄子。事情的经过很简单：国君在桃林用弹弓打鸟，赵穿带兵过来，直奔国君。国君远远看到赵穿，还说，看那人走路冲冲的，他以为他是谁。国君用弹弓打赵穿，被赵穿躲过了。赵穿拔出剑，朝国君扑来，国君这才感到大事不妙，两腿发软。赵穿没有一剑将他刺死，而是飞起一脚，将他踹倒在地，踩于脚下，剑尖直逼喉咙。国君从未料到他会落入这步田地。他以为国内所有臣民的性命都是在他手里攥着，唯有他有生杀予夺之权。他外强中干地说，我是国君，你敢弑君？赵穿哼了一声，说，你荒淫暴虐，残忍无道，独夫民贼，人人得而诛之。这些词赵穿大概早就想好了，说不定还在心里一遍遍演练过了。他说得铿锵有力，掷地有声。英雄做事，光明磊落，死也让你死个明白。仿佛宣判一样，赵穿说完，这才将剑刺入国君喉咙。国君一命呜呼。这就是玩火的下场。兄弟，你别看国君平时那么威风，死的时候也和一条丧家犬差不多。

整个事件的前前后后我都清楚明了，但只有一件事我一无所知；不但我一无所知，朝中大臣也一无所知，而且都市里的市民也一无所知。我是侏儒，又是滑稽的伶人，宫廷内外凡事都不背我，所以我是消息最为灵通之人。可是，亲爱的兄弟，赵穿杀死国君这件事，是不是赵盾指使，或者事前赵盾是否知情，我不得而知。

我还是先说说赵穿这个人吧。他性如烈火，刚勇有余，谋略不足，敢于决断，不计后果。还拿十四年前的事件来说吧，赵盾原本要拥立雍为国君，后来改变了主意，拥立了夷皋，这件事得罪了秦国，于是发生了秦晋之战。秦军远来，意在速战。赵盾的策略是：深沟高垒，坚守不出，待秦军疲惫，粮草不济时，一举将其击溃。秦军最怕的就是这招。秦军统帅开会商讨对策，有人提出，赵穿有勇无谋，性子一点就着，到他军前辱骂，他必定出战，我们将他这一军消灭，就可得胜班师了。秦军依计而行，派军士到赵穿营垒前叫骂。赵穿要出战，他手下人说，大将军有令，不得出战。赵穿说，秦军辱骂我祖宗，是可忍，孰不可忍？于是，赵穿领军杀出，与秦军战作一团。赵盾看赵穿杀出，怕他势孤不敌，为敌所俘，于是命大军悉数出击，与秦军一战。虽然秦军达到了速战的目的，结果却不是他们想要的。晋军气势更盛，秦军败北。战后，赵盾并没有对不听将令擅自出击的赵穿进行处罚，不但不处罚，还将禁卫军的将印交付于他，可见他对这个侄子厚爱有加。赵穿最为佩服的就是他的叔叔赵盾。他也最忠于赵盾。他可以为赵盾做任何事，包括杀死国君。了解了赵穿之后，你就能理解赵穿杀死国君的行为了。不管有没有赵盾的指令，我相信他都会这么干的。从某种程度上说，赵穿做了件好事，杀死了残暴的国君。国君要活着，不定会做出多少荒唐而又残忍的事来。许多人，特别是朝中大臣和宫中侍女，我相信和我一样，是暗自庆幸的。一个国家是从来不会缺国君的，这一点人人明白，只有国君认为他是唯一的、不可替代的，缺了他就国将不国。

赵盾是否真的打算流亡国外，我不得而知。实际情况是，赵穿杀死国君时，他在边境一个叫枣原的地方待着，还没出国。他听说赵穿杀了国君，就回到国都，主持国政。他是宰相兼大将军，主政非他莫属。他上朝第一天又恢复了他当摄政王时的威严，面色如铁，目光如炬。我看到他走了过来，别人都恭敬肃立，我插科打诨的毛病又犯了，唱道：

> 昨天一个样，
>
> 今天一个样；
>
> 国君升天了，
>
> 宰相回来了。

赵盾看我一眼，没理会我。上次我对国君唱歌，国君也是这样。赵盾大概在考虑军国大事，没心思理我。头等大事是：拥立国君。至于夷皋的后事，虽是大事，倒也好办，厚葬就是。不好办的是赵穿。按正统观念，国君再无道，做臣子的也不能杀国君。可他并不想处理赵穿，赵穿只是做了他想做而不敢做的事罢了。赵穿为他出了一口恶气，他不能恩将仇报。再说，赵穿是他的侄子，他理应庇护。

国君被杀，对国家来说，是一重大变故，所以众大臣早早就在大殿候着了，等着赵盾来主事。赵盾出现前，大殿里交头接耳，闹闹哄哄。赵盾一出现，大殿里立即鸦雀无声，只能听到赵盾的脚步声。大家屏住呼吸。赵盾坐下，环视一下众人，正要开口，史官董狐出班，挥舞着手中的竹简，朗声道，这是我对此次事件的记载：赵盾弑其君。要说这个董狐也真是胆子大，这不是捋虎须是什么。他不怕赵盾把他拉出去"咔嚓"了吗？大臣们面面相觑，都替董狐捏把汗。赵盾受此当头一棒，有些蒙。这是公然挑战他的权威。他盯着董狐。他的目光可以杀人。董狐显然不怕死，对不怕死的人你不能拿死来吓唬他。赵盾说，董狐，国君明明是赵穿所杀，为什么将这笔账记到我头上？董狐说，你是宰相，虽然国君逼得你流亡，但你还没走出晋国，只要还在这片土地上，君臣大义就还在，国君被杀了，你回来就应该声讨杀国君的人，可你并没有这样做，你说这笔账不算到你头上算到谁头上？

赵盾沉默了。他摆摆手，让董狐下去，爱怎么写怎么写去吧。他知道史册上被记上这样一笔意味着什么，那就等于他被钉在了历史的耻辱柱上。要想不落下"弑君"之名，其实也简单，把赵穿杀了即可。这是个两难选择，他既不想剥夺亲人生命，又不想落下万古恶名，非得二选一不可，他宁愿选择背此恶名：弑君者。

第三章

师父之死

师父是这种人，即使内心波澜起伏，你在他的表情上也看不出什么，你看到的依然是平静。师父说过，脸只是个面具，真实情感藏在面具之下。他是自己理论的实践者。

亲爱的兄弟，这个世界上对我最好的莫过于师父了。当然，对我最严厉的也是这位师父。他有一把乌木戒尺，是专门用来打我的。这把戒尺从我记事起他就整天拿在手上，须臾不离。由于长年摩挲，戒尺乌黑发亮。我最痛恨这把戒尺了，恨不得把它投进茅坑里，或者劈成碎片，扔进火膛里烧成灰。师父只是我一个人的师父。也就是说他只能对我厉害。在其他人面前，他永远是一个滑稽的小丑。他很会逗人发笑。他常说一些傻话，让人笑得肚子疼。他走路不协调，时不时会自己把自己绊个跟头，引起一片笑声。我知道，这都是他假装的。他和我在一起，完全不是这样，和换了一个人差不多。他严肃、冷酷、尖刻。他教导我最多的一句话就是：不要以为你是侏儒，你就有两条命。他还说，猫有九条命，那是骗人的，猫也只有一条命。上自国君，下至蝼蚁，命都只有一条。兄弟，忘了告诉你，我师父也是侏儒，和我一样。

他的个头儿甚至比我还矮了半寸。我比他高半寸这件事让我多吃了不少戒尺。他用戒尺敲着我的头说，长这么高有什么用，不还是个侏儒？我很想回嘴，我是个侏儒不假，可我至少是个比你高的侏儒。当然，我从不敢真的回嘴。我也只是在心里说说而已。

有时候我想，我的命怎么这么苦，我是个侏儒不说，我的师父也是个侏儒，而且是一个可恶的侏儒。宫廷里有数不清的规矩，比如不许高声说话，不许放屁，不许盯着人看，不许传话，不许议论朝政，不许玩耍，不许说不，等等。这些规矩都是他用戒尺让我记住的。我很少有超过三天不挨打的。师父打我时嘴里总念咒般地说，叫你不长记性，叫你不长记性。许多时候我是故意违反规矩，逗师父玩。师父也看得明白，所以下手不那么重。总之，我们之间形成了一种奇怪的关系：他三天不打我，手痒；我三天不挨打，皮痒。

兄弟，你可能理解不了这种关系，会说我贱。我发现当我犯贱受惩罚时，周围人都很快乐。他们幸灾乐祸。当然，他们并无恶意，甚至心中还会增加一份善念，送给我点好吃的。兄弟，你和我不一样，你生活在乡下，无拘无束，无须讨好任何人。而我，生活在宫廷里，我存在的理由就是给人带来笑声。这就是命，侏儒的命。一个侏儒还能有别的命运吗？

别看师父经常打我，其实他对我最好了。他教我识字、背诗，给我讲故事、讲道理。有一次我高烧不退，浑身疼痛，神昏谵语，所有人都以为我活不成了，是他不眠不休守了三天三夜，直到我醒来。他还是我精神上的导师，他能看穿人的内心。他说，所有的人都穿着衣服，你看不到他们的身体，只有脸露在外面，你能看到脸上的表情，如果你相信你看到的，那你就是个十足的傻瓜。脸，不过是一个面具而已，真实的想法并不显露在脸上，而是被脸遮盖着，有时候是为了保护自己，有时候是为了伤害别人，更多的时候则是习惯使然。他还说，有的女人笑起来很甜美，可是心却比蛇蝎还毒。他看我一副吃惊的表情，敲了我一戒尺，傻瓜，你什么时候能多长个心眼儿。干吗要那么多心眼儿，累不累啊？我说。我又挨了一戒尺。我看宫廷里的女人都很美，笑起来都很甜，我看不到谁是蛇蝎心肠。最美的是君夫人，笑得最甜的也是君夫人，她是蛇蝎心肠吗？师父又敲了我一下头说，找死啊，不想活了。师父发怒了。根据师父的理论，脸上的表情是为了掩饰真实的想法，装出来给人看的。那么他真实的想法是什么呢？显然是欣慰。他认为我并不像看上去那么缺心眼儿。师父从不告诉我他对宫廷里各色人等的看法，他说，不要听别人怎么说，要自己观察，不但要用眼观察，还要用心观察，用脑观察，用命观察。什么叫用命观察？师父说就是稍有疏忽脑袋搬家。我吐了吐舌头。师父并非一点儿不透露他对大人物的看法，只是说得很委婉而已。比如，说到国君，他叹息一声，说了四个字：老当益壮。别人会以为这是赞美，我明白他是说国君老了，昏庸了，却迷恋年轻君夫人的美貌，过于纵情了。说到君夫人，他说：刀口上的蜜。我清楚他对君夫人的看法，这个女人天使面孔，魔鬼心肠。说到太子，他说：好人。我知道他的真实意思不在字面上，那么他是如何看太子呢？我没弄明白。有这么一个师父挺好的，他让我把一切都看得清清楚楚、明明白白。我以为我会永远和师父待在一起，直到地老天荒。可是，师父要走了。

师父说他老了，要告老还乡，并指定要我送他。人们以为侏儒不会老的，那是偏见。身体长不高，并不等于一直是个孩子。尽管我们有意表现得像个孩子，幼稚、口无遮拦、天真。这是我们的表演。侏儒也会老。师父就老了，他走路慢吞吞的，不敢再自己绊自己跟头了。国君本来不打算放他回去，但他一句话说动了国君。他说，我死在宫里也没什么，但一副小棺材抬出去，人们会笑话国君小气的。他把国君说笑了，国君答应放他还乡。国君让大内总管安排车辆送他，他谢绝了。他说让我徒弟送我吧。国君笑了，四条短腿走路，要走到何时？师父说反正有的是时间。

于是，我和师父上路了。我对师父放着马车不坐，和我一起步行，很不理解。我们本来就腿短，师父又上了年纪，走路的速度可想而知。我问师父为什么要这样，他说，你难道不想看看风景吗？这是冬天，万木萧条，到处光秃秃的，一派土黄色，哪儿有什么风景。只有一点，让我感受很深，那就是寥廓。天很大，地很大，让人感觉舒畅。宫廷里房屋很高大，可以住得下巨人，但待在那里我却感到压抑。这旷野就不同了，让人心里敞亮。路上行人很少，偶尔有人路过，都会投来好奇的目光。他们大概从未见过侏儒吧。也有好心人，会问我们去哪儿，要不要帮助。师父说曲沃，我们去曲沃。远着呢。人们没有不知道曲沃的，那是老国都，谁会不知道呢。师父是曲沃人。只是不知道现在啥样，他伤感地补充道。我们走走停停，一点儿也不着急。正如师父说的，反正有的是时间。我们带有干粮，饿了就吃点干粮，渴了就讨点水喝。天黑了，我们就找地方借宿。乡下人都很朴实，会招待我们吃饭和住宿，完全把我们当作客人对待。

下雪了。大地白茫茫一片，看上去真是干净。留我们住宿的一家人劝我们住下来，等天晴了再走。看得出他们真心实意。乡下人不戴面具，他们真实的情感都写在脸上。师父的理论只适合都市和宫廷，在乡下就不灵了。师父坚持要走，他说下雪不比下雨，抖一抖雪花就掉了，不耽搁走路。其实，并不像师父说的那样，雪还是给我们带来了很多困难。起初踏着雪，咯吱，咯吱，还很好玩儿。但很快就不好玩儿了。脚步越来越沉重，行走越来越艰难。这时候要有人给我们帮助，我是不会拒绝的。正这样想着，就看到一个马队迎面而来。可惜不是一个方向。为首的穿一件紫貂皮大氅，非常醒目。很快我们就认出他来，是太子。他也认出了我们，勒住马，停了下来。他问我们去哪儿，师父说曲沃。他说他刚从曲沃回来。师父说知道，你去祭奠你母亲。他说，你怎么知道？师父说，我还知道是君夫人让你去的，她说国君梦到了你母亲。太子笑道，人们都说侏儒是千里眼顺风耳，果不其然。太子对我们这两个风雪中的旅人来了兴趣，跳下马，和我们攀谈起来。

太子叫申生。据说他生在申时，他母亲齐姜生他时难产死掉了，为了记住这个时辰，国君就给这个头生儿子起名叫申生。申生对他父亲非常恭敬，天天进宫请安。他父亲后来又娶了大戎狐姬和她妹妹小戎子，她们各生一子：重耳、夷吾。国君发兵攻打骊戎，骊戎打不过，就送了两个美女给国君，这便是骊姬和少姬，她们也各生一子，分别是奚齐和卓子。申生不但孝敬国君，对国君的嫔妃也是恭敬有加。骊姬不光美艳惊人，她走路的神态，美目的顾盼，都风情万种，让人心旌摇荡；她的声音像百灵鸟的叫声一样清脆悦耳，还不只是悦耳，简直能进到心里，像婴儿的小手一样抚摸着你。国君专宠骊姬，册封她为君夫人。申生对君夫人从未失礼，君夫人对申生也关爱有加。听说国君因宠幸骊姬，想废申生，立奚齐为太子。国君说给骊姬，骊姬哭着劝阻：申生仁孝爱民，能打仗，深得百姓爱戴，是国家的根本，动摇不得。国君看君夫人深明大义，就更宠幸君夫人了。

扯远了。还是回来说说申生和师父的对话吧。一般情况下，是不会有这种对话的。两人身份有天壤之别，哪儿能说到一起。就是今天这种情况，风雪中邂逅，也是应该擦肩而过的，顶多打个招呼。我们让到路边，太子不用下马，挥挥马鞭，扬长而去即可。可是太子勒住马，停了下来，而且跳下马，和师父聊上了。风雪，太子和侏儒，这景象真是匪夷所思啊。我很好奇，太子要和师父谈什么。尽管师父是一个智者，但知道和承认的人并不多，他公开的真实的身份是小丑。绝大多数的人也只是将师父看作小丑而已。师父也很喜欢他的小丑身份。他认为躲在小丑这个壳里很安全，也很踏实。他不喜欢人们将他看作智者。他喜欢深藏不露。难道太子洞察到了师父的智慧？太子为了在身高上和师父平等，蹲了下来。对侏儒来说，这是很高的礼遇。我都感动了。太子对师父说，你带给我们很多笑声，真舍不得你走。师父说，小丑嘛，就是逗人笑的。太子说，你不光逗我们笑，还说了许多真话。师父说，只有想听真话的人，才能听到真话。太子说，从此一别，恐难再见，你有什么话想对我说吗？

我没想到太子有此一问，这明摆着带有求救的意味。师父沉默了片刻。他大概也没想到太子会如此问。人都是怕敬的。尽管师父喜欢小丑这个身份，但他并不喜欢人们对小丑的态度：嘲笑、轻慢、戏弄。太子如此尊重他，他很感动。师父是这种人，即使内心波澜起伏，你在他的表情上也看不出什么，你看到的依然是平静。师父说过，脸只是个面具，真实情感藏在面具之下。他是自己理论的实践者。师父沉默片刻后开口了。师父神情肃穆，这在他是从未有过的。我以为师父要说出多么深奥的话，洗耳恭听，可是听到的却是让人失望的大白话。师父说害人之心不可有，防人之心不可无。显然还应该有下文，我正等着听呢，师父却打住了。完了，没下文了。太子大概和我有同样的感觉，耳朵还在张着呢。见师父紧闭嘴巴，就反问一句：没了？师父说，没了。太子说，我应该提防谁呢？师父说，一个侏儒不应该参与别人的家事。师父说出"家事"二字时，语音稍重。太子也听出来了。师父是暗示太子要提防家人吗？太子有些不高兴，说，在宫廷里说这样的话是要杀头的。师父说，我老了，就欠一死。太子感到自己刚才言重了，拍拍师父肩膀说，你不能死，好好安度晚年。太子站起来，他刚才是半蹲着，谈话就要结束了。

雪又下大了。我们都成了雪人。师父说，据说很多动物都能从空气中嗅出危险。我不明白师父怎么突然扯到动物这个话题上，他想说什么，人不如动物灵敏嗅不到危险，还是人应该像动物一样从空气中嗅出危险来？太子大概也不想就这个话题往下扯，没接话茬儿，而是看看天，说雪下大了，我送你们一匹马吧。有一匹马当然好了，尽管我们俩是侏儒，我们也会想办法上马的。这大雪天，走路可真够呛，对侏儒来说，尤其艰难。可师父谢绝了太子的好意，他说，我们喜欢雪，在雪地上走走挺好。太子开玩笑说，我怕雪把你们埋住。师父说，那我们就在雪里打个洞，雪遁。

与太子分别后，茫茫雪野中又只剩我们两个人了。师父不说话，独自在雪中艰难跋涉。我去搀扶他，总被他打开。走开，他说。语气中充满了被打扰的懊恼。此时，我知道，他是想一个人待着。他要享受孤独，寂寥天地里一个人的孤独。师父人前是小丑，滑稽逗乐，引来笑声无数；人后则像块木头那样沉默地待着，冥想、发呆。他这毛病又犯了。我不再打扰他。我与他保持五尺距离。两个侏儒就这样默默地在雪中走着，只能听到风声和脚下发出的咯吱咯吱的声音。直到晚上，我们在一个破庙里歇息下来，师父才开口和我说话。

这天很惨，我们没能赶到下一个村庄天就黑了。雪也越下越大。还好，路边有个破庙，要不，真不知道怎样度过这个夜晚。我已经冻透了，手脚都是麻木的，师父也差不多吧。庙里有人备下的柴火和火镰、火石。我们生了一堆火，烤了好一会儿，才暖和起来。吃了些干粮之后，我竟然觉得破庙像天堂一样舒服。这时候，师父开口了。他说，命，都是命。我问什么都是命。他说一切都是命。每个人都在走向命运的结局。其实每个人的结局都只有一个，那就是：死。师父说过，关于死有两件事是确定的：第一，每个人都终有一死；第二，每个人都不知死于何时、如何死去。师父所说的命定的结局是什么意思？他说，你知道我为什么告老还乡，又为什么让你来送我吗？我还真没想过此问题。为什么？他说，你见过夏天的风暴吗？我说见过。他说，你见过酝酿多年的风暴吗？我摇摇头。酝酿数日的风暴就算威力无边，令人骇怕，哪儿有酝酿数年的风暴。师父说，我也没见过，可在我们国家有一场风暴已经酝酿数年，即将爆发。我忽然明白了，他指的不是自然界的风暴，而是政治上的风暴。可是在我看来，我们国家平静、强大，国君虽年老，但他牢牢地统治着自己的王国，周边国家也都畏惧我们。

亲爱的兄弟，我先给你说说国君吧。你在乡野，可能知道国君伟大，但不一定知道他伟大到什么程度，他有哪些具体的功业。其实，我也说不全面。师父什么都知道，他都给我说到过，我没记全。现在我就所记得的，给你略说一二。国君名叫诡诸，他的名字很怪。这中间是有故事的，他爹与戎狄打仗，活捉了戎狄首领诡诸，他爹很得意，将儿子取名诡诸，以纪念这一胜利。诡诸当了国君后，开疆拓土，灭了骊戎、耿国、霍国、魏国、杨国、芮国、荀国、冀国等，我记不全了，总之是个厉害的主儿。他统治这个国家已经二十一年了，政权稳固，社会安定，真不知师父所说的风暴在何处酝酿，又将去到何处。

师父说，记得我给你说过，不但要用眼睛观察，还要用心观察、用脑观察、用命观察，看来你把我的话当耳旁风了。我说，我是这样做的，只是——师父用戒尺敲了我一下。记得优施吗？我说，这还用问。优施是宫廷戏班班主，人长得好，戏唱得好，关键是聪明，眨眼就是见识，更重要的是会来事儿。戏班上下，宫廷内外，没有一个人不说他好的。他对师父也很好，经常送一些点心给师父。可是师父对他不冷不热。他送的点心，师父一口不吃，都让我吃了。据说他和年轻的君夫人有一腿，不知是真是假。师父说优施是个小人。俗话说防君子不防小人。不是不防小人，是小人卑鄙阴险，防不胜防，根本防不住。优施最近进宫频繁，说是给君夫人唱戏，谁知除了唱戏，还干没干别的。师父说君夫人对优施言听计从。我和师父最后一次见优施是在内宫门口，他从里面出来，站了片刻。他没有看到我和师父。他神情沉稳，脸上掠过一丝不易察觉的得意。师父说脸是面具，是用来掩盖真实感情的。优施面具之下的真实感情是什么，我不得而知。然而师父就是这天决定告老还乡的。他到底观察到了什么？我问师父。师父说，用命观察，我感到通体寒冷，比今天在风雪中还寒冷，我嗅到了风暴的气息。师父说得玄虚，我完全不能理解。师父说，我告老还乡，是为了躲避灾祸。让你送我，也是让你离灾祸远一点。我说我看不到有什么灾祸。师父说，那是你没有用命观察。师父扬了扬手中的戒尺，这次却没有打下来。他说，有些经验是不能传授的，必须自己去经历，去感悟，去领会。我说，师父，你说的风暴是什么？师父说，我又不是神仙，我哪里知道。说来说去，一切只是感觉。师父并不知道将要发生什么事。也许与太子去祭奠母亲有关。师父说，君夫人说国君梦到了齐姜，让太子去祭奠母亲，君夫人有这么贤明吗？原来怀疑从此而来，师父小题大做了。

夜里，师父给我讲了一个故事。当初，国君想立骊姬为夫人，让宫中掌管算命的卜晏用龟甲占卜，结果不吉利。国君又让用蓍草占卜，结果吉利。国君说就按第二次结果办吧。卜晏说，蓍卜不灵验，龟卜灵验，应该按灵验的办，再说卜蓍的兆词说，专宠过分会发生变乱，会夺去你的所爱，香草和臭草放在一起，十年过后还会有臭味。他竭力劝阻国君，国君就是不听，最终立骊姬为夫人。这件事对卜晏打击很大，他很快一病不起。临死前，师父去看他，他对师父说，我能死在病床上，是我的运气。说罢，叹息一声，就死了。师父说这么多年都过去了，他仍然忘不掉那声叹息。许多时候，他都听到那声叹息在宫内回响。也只有我能听到，师父说。

十天后，我们到了曲沃。雪已经化得差不多了，遍地泥泞。师父的父母兄弟都已去世，只有几个侄儿。侄儿们对归来的叔叔并不热情，当得知师父没有多少钱财后，没有一家愿意收留师父。这些都在师父意料之中，师父也没指望他们养活。师父赁了一间房屋，准备摆个卦摊，以算命为生。我要留下来陪师父，师父说不用，我还没变成废物。我不知道师父还会算命。师父说算命简单，每个人的经历都写在脸上，虽然脸是面具，但岁月会在上面刻下一道道印记，经历过的事情也会留下影子，你只要读出来就行。凭师父对人性的洞察，吃这碗饭应该不难。说不定过几年一个侏儒算命大师的名声会传到都城。

我和师父一块儿置办生活用品，买床铺、被褥、窗帘、锅、碗、瓢、盆等。垒锅灶、买柴、买粮、买菜。师父喜欢讨价还价。他总能以便宜的价钱买来东西。陪师父安家这几天，是我一生中最幸福的日子。师父不再摆师父的架子，对我和蔼可亲。我们走在一起，像一对父子或兄弟。曲沃，这座废都充满了人间烟火气。市场上应有尽有，公平交易，童叟无欺。人们的表情自然、轻松、真实。师父也换上了第三副面孔：朴素市民的面孔。以前我只见过师父的两张面孔：滑稽小丑的面孔和严肃师父的面孔。师父的第三张面孔好可爱。

天下没有不散的筵席。尽管我对师父恋恋不舍，对曲沃这个祥和的城市恋恋不舍，分手的日子还是不可避免地到来了。这天晚上，在星光下，师父将他那把乌黑发亮的戒尺交给我，说，师徒一场，留个念想吧。又说，我知道你最痛恨这把戒尺了，看到这把戒尺，你就会想起我。我眼中充满泪水。我早已不恨这把戒尺了，正是这把戒尺将我们师徒紧紧联系在一起。我摩挲着光滑的戒尺，哽咽，说不出话来。没有师父，我该多么孤独啊。师父说，记住，宫廷是凶险之地，要处处小心，命只有一条，活着最重要。我们是侏儒，人们也都把我们当侏儒看，当侏儒有当侏儒的好处，人们不会指望我们担当什么，天塌下来有高个子顶着，轮不到我们侏儒。我们什么也没有，有的只是一条贱命，要保住这条命，宫廷里的人们都戴着面具，你也要戴上面具；人们装聪明，你就要装傻瓜；人们装英雄，你就要装狗熊；人们假正经，你就假不正经。总之，当好一个侏儒。

夜里，我和师父都无睡意，就拥被而坐，聊起天来。师父说起了他的童年。这是我第一次听师父谈他的童年，以前我还以为师父没有童年呢。我完全没有想到师父的童年会那样坎坷。师父说得轻描淡写，但我的心早就揪了起来。师父五岁时被一个补锅匠拐卖到乡下，七岁时被狼叼走，九岁时从一个着火的房屋里爬出来，十一岁时跌下悬崖，十三岁时被强盗装进麻袋沉入河里，十五岁时被诬陷窃玉打得奄奄一息，十七岁时被蛇咬伤……你看，不多不少，每两年一个坎。有几次师父认为他死定了，能活下来靠的是奇迹。最后，师父说，尽管我的命像牛筋一样结实，但是我告诉你，属于一个人的命还是只有一条，没了就没了，不要总指望奇迹。活着，要好好活着。

天快亮的时候，师父说，小睡一会儿吧，你还要赶路。我仍然不想睡。和师父在一起的每一刻我都无比珍惜。我知道以后我会一次次地回忆这个夜晚。我想贪婪地保留下这个夜晚的一切气味、温度、声音、形象、故事，等等。曲沃的夜晚异常静谧，而黎明前又是最静谧的时刻。突然，一阵急骤的马蹄声踏破了这静谧。马蹄声过后，空气中充满了不安。这马蹄声实在不寻常。是谁在黑夜狂奔？出了什么事？

天亮后，我们得知，是太子回到了曲沃。曲沃是太子的封地。

京城出事了。事情的经过是这样的：有一天，也就是师父告老还乡的那一天，君夫人对太子说，国君梦到你母亲了，你应该去祭奠一下。太子的生母齐姜葬在曲沃。于是太子到曲沃祭奠母亲。我们与太子在风雪中邂逅，正是他祭奠完母亲返回途中。他回去后，按礼仪，将祭奠用的肉献给父亲。国君出城打猎未归，祭肉就交给了君夫人骊姬。君夫人在肉里下了毒。国君回来后，君夫人将祭肉交给国君，说是申生祭奠母亲后奉上的祭肉。国君切下一块肉扔给猎狗，猎狗吃后，痛苦地叫两声，倒地而亡。国君又切下一块肉，让宦官吃，宦官吃后也死了。国君大怒，将盘子摔了。君夫人说，太子想当国君，心也太急了。国君派人去捉拿太子。太子提前得到消息，骑马奔曲沃而来。国君没抓到太子，就将太子的老师杜原款给杀了。

风暴来了。

晋国有两军：上军、下军。上军国君统率，下军太子统率。国君开疆拓土，太子能征善战。国君威望很高，太子深得民心。太子若与国君开战，将不知会是怎样的结果。师父说太子不会与国君对抗。我记得师父对太子的评价：好人。好人是不可能反抗父亲的。因为有了这档子事，师父让我暂缓回京。师父坐卧不宁，日上三竿时，师父说，我去见太子。我要跟着，师父不让。我留在小屋里，等待的时间真是难熬。师父干吗要见太子，宫廷争斗和他有什么关系，一个告老还乡的小丑有必要蹚这浑水吗？临近中午，还没见师父回来。太子上吊自杀的消息却传得沸沸扬扬，满城尽知。很快人们都知道了来龙去脉，太子是被君夫人陷害的。有人沉默，有人叹息，有人掩面而泣，有人失声恸哭。可见曲沃人民爱戴太子，为他的死而悲痛。据说一个侏儒最后时刻见过太子。我知道那是师父。可是师父哪儿去了，为什么还不回来？我看街坊邻居朝广场而去，便也跟了过去。广场上聚集了许多人。站在人群中央的正是师父。他站在一口倒扣的大缸上，比人们高出一头。师父在讲述太子自杀前的情景。他说，我劝太子向国君申辩，国君英明一定能够弄清是非曲直。太子说，君父如果没有了骊姬，会吃不好，睡不着，我一申辩，骊姬肯定有罪，君父老了，我又不能使他快乐，如何是好。我劝他逃走。他说，君父没有明察骊姬的罪过，我背着一个杀父的罪名，谁会接纳我呢？师父说，这就是太子，他把仁孝看得比生命还重，他为父亲晚年的幸福，选择了蒙冤而死。曲沃失去了一个好的领主，苦难开始了。师父今天的表现迥异于往日。他深谙活命之道，为什么要在大庭广众之下为太子鸣不平？师父常说要用命观察，他难道忘记了自己所说的话？

用命观察，用命观察，我突然感到脊椎发冷，仿佛被插入一根冰条。师父这是在求死。他在勇敢地选择死亡。我朝前挤去，想去劝说师父。命只有一条，任谁都一样，师父，保命要紧。我还没挤到跟前，人群突然骚动起来。原来，一队铁骑开进了广场。

人们作鸟兽散。顿时，广场上空荡荡的。只有师父仍站在倒扣的缸上。我冲过去，叫道，师父，快跑。已经晚了，我们被围了起来。师父从容镇定，面无惧色。一队虎贲铁骑，铠甲整齐，戈矛耀眼，杀气腾腾。一看就是精锐部队。他们是来追杀太子的，既然太子已死，任务也算完成了。他们暂时还没有接到清除太子余党的命令，所以没有大开杀戒。但此行不能只是一趟演习，总得做点什么。于是就将在广场上为太子鸣不平的师父围起来了。这场面可真不小，师父说。的确，数千铁甲，只围了两个侏儒，我们待遇够高的。

为首的将军是一个大块头，骑一匹红鬃烈马，手持一柄百十斤重的大槊，威风凛凛，令人望而生畏。他轻夹双腿，红鬃烈马徐徐前进，在离我们一步之遥的地方停了下来。马鼻子里喷出来的热气正好吹到我脸上。我从马眼里看到自己的影子，也看到了站在缸上的师父的影子。将军用槊一指，问道，你就是最后一个见到申生的人？师父说，是。将军说，你劝申生申辩来着？师父说，是。将军说，你又劝申生逃走？师父说，是。将军说，你造谣惑众，我要把你吊死，你有何话说？师父说，你可以把我吊死，但我所说句句属实，我要让天下人知道太子不是罪人和懦夫，而是仁者和勇者。

绞刑架很快竖立起来了。在吊死师父之前，将军允许我为师父饯行。我到街上讨来一碗酒，捧到师父面前。师父接过酒，微笑着劝我，你不要哭，哭最没出息了。不知什么时候我已满面泪水。师父说，人终有一死，谁也躲不过，只不过我正好死在今天罢了。我问，为什么？师父说，活着固然好，但能这样死去，也很好。师父说，太子待我以礼，我以死报之。师父将碗中酒一饮而尽，把碗交给我，说，我可以上路了。绞索套上师父的脖子，师父又说，你看，我今天是不是比平时高？一会儿我会更高。将军抢槊一击，师父脚下的陶缸应声而碎，师父再也说不出话来……

亲爱的兄弟，师父就这样死了。我将师父安葬在城外的一个土丘上，这儿地势高，师父肯定喜欢。师父最后的话虽然是开玩笑，但我清楚一个侏儒对自己的身高是永远难以释怀的。在师父坟前，我将师父常常说给我的那句话又还给了师父：不要以为你是侏儒，你就有两条命。就因为风雪中太子屈身和你平等地说了两句话，你就以为太子把你当国士看待，你就拿生命来回报，你傻不傻啊？

亲爱的兄弟，安葬了师父之后，我怀揣那把乌黑发亮的戒尺踏上了回京之路。来时，风雪苍茫，路途艰难，但有师父在。现在青天白日，大路朝天，可是师父已经不在了。从此以后，再也没有人用戒尺敲我了。从此以后，再也没有人在耳边啰唆好好活着了。从此以后，再也没有人对我说要用命观察了。从此以后，再也没有，再也没有了……路过一个村庄时，人们都同情地看着我，小声议论着：那个侏儒怎么了，边走边哭？师父，你看我这么没出息，又不知不觉哭泣起来。师父，你别笑我，我不是哭你，我是哭我自己——从此，我就是孤零零的一个人了。

第四章

天堂有路

　　太阳刚好出来，一轮巨大的红日在地平线上跳跃一下，升入空中。这是平生所见的最为新鲜的太阳，照得我睁不开眼睛。

亲爱的兄弟，我差一点就再也不能给你写信了。当我被装进麻袋活埋时，我首先想到了你。在这个世界上，你是我最亲的人，尽管我不知道你长什么样，不知道你在哪里，甚至不知道你是否活着，但我知道我们是双胞胎兄弟。我们心心相印，息息相通。你是另一个我，生活在别处的我。因为有你，我才觉得生活是可以忍受的，活着是一种责任。人们说双胞胎是同生共死的，一个死了，另一个也活不成。我担心我的死亡会影响到你，使你也……不吉利的话就不说了吧。总之，一锨锨土落到我身上，我呼吸困难，神思恍惚之时想到的是你。我希望我的灵魂能从这个侏儒的躯壳中飞出，去到你那儿，和你共用一个正常人的躯壳。也许我的灵魂会给你带来一些不一样的东西。毕竟我见过太多的阴谋，太多的杀戮，太多的尔虞我诈，我对人性的洞察远远超过一般人。这方面还得感谢师父，是他教会我不但要用眼观察，还要用心观察，用脑观察，更要用命观察。当你用命观察的时候，你所有的器官都要比平时敏感十倍，你能看到平时看不到的，能听到平时听不到的，能感受到平时感受不到的，你甚至能记起早就遗忘的东西。而这，关键时候，也许能救你一命。

一般情况下，我喜欢开门见山，直来直去，不喜欢拐弯抹角。可是要说明我为什么被活埋，以及被什么人活埋，我却不得不扯远点，从十九年前说起。那一年发生的事，我永生难忘。师父就死于那一年。我记得我给你写过一封信，谈论师父之死。这么多年过去了，不知你是否还记得那封信的内容，我再简单梳理一下吧。一天，君夫人骊姬对太子申生说，国君梦到他的生母齐姜，让他到曲沃去祭奠生母。祭奠之后，太子按规矩将祭肉送给父亲。国君在外打猎，君夫人收下祭肉，在肉里下了毒。国君回来，君夫人将肉端给国君，说是太子奉上的祭肉。国君割下一块，扔给狗吃，狗吃后死了。国君又割下一块，给宦官吃，宦官吃后也死了。国君震怒，派人去抓太子。太子逃回他的封地曲沃。师父劝太子向国君申辩，太子不肯。师父劝太子逃走，太子又不肯。最后太子上吊自杀了。师父为太子鸣不平，在曲沃的广场被吊死了。这仅仅是一系列灾难的开始。

太子死后，骊姬对国君说，申生的两个兄弟重耳和夷吾也参与了阴谋。于是国君派兵去追杀二人，重耳逃亡到狄国，夷吾逃亡到梁国。骊姬达到了目的，国君立她的亲生儿子奚齐为太子。

五年后，老国君死了，奚齐做了国君。龙椅还没暖热，大臣里克就将奚齐杀了。朝臣又立骊姬的亲妹妹所生的儿子卓子为君。里克一不做，二不休，又将卓子杀了。他将骊姬抓起来，宣布十条罪状：一、惑乱君王；二、后宫干政；三、陷害太子申生；四、迫害公子重耳和夷吾；五、与优施淫乱；六、勾结外臣；七、结党营私；八、滥杀无辜；九、生活奢靡；十、篡国。然后将骊姬绑到广场的华表上，由人民对她惩罚。这个最美丽的女人，师父生前说她是蛇蝎心肠，费尽心机，害人无数，到头来却落得个如此下场。

　　亲爱的兄弟，我猜，我想，你可能会说：你说的都是国家大事，又那么久远，和你被活埋又有什么关系呢？别急，一会儿你就会看出其中的关系来。世上的事情都是相互联系的，这儿某人打个喷嚏，说不定会引发遥远地方的一场风暴。前边说到里克杀了坐上龙椅的奚齐和卓子，又杀了骊姬，当然，杀的人很多。骊姬一党，一个也没逃脱，狗头军师优施被杀了，与骊姬勾结的梁五和东关嬖五被杀了，骊姬的亲妹妹少姬也被杀了。其他，还有许许多多。砍下的人头堆得像小山一样。那几天，城里弥漫着浓重的血腥味，简直让人窒息。俗话说，国不可一日无主。需要一个新国君。里克派人去迎重耳回来当国君，重耳不了解国内局势，怕有不测，拒绝了。我想，他此后很多年都在为这个决定后悔吧，因为他不但多流亡了十四年，还几次差点把命送掉。夷吾，与重耳相反，闻听国内发生变乱，立即向秦君求援。秦君是他姐夫。秦君若帮他当上国君，他送秦国五座城池。在秦国军队支持下，夷吾如愿以偿，回国当上了国君。关于夷吾，我说两件事，你就知道他是什么样的人了。他当上国君后，立即食言，赖掉了答应给秦国的五座城池。秦君是他姐夫，看小舅子耍赖，也拿他没办法。后来，我们国家受灾，发生饥荒，夷吾觍着脸向秦君借粮。秦君不计前嫌，一船船的粮食运给我们救灾。船队绵延数里，蔚为壮观，史官称之为"泛舟之役"。第二年，秦国受灾，向我们借粮，夷吾不但不借给秦国，还以为这是攻打秦国的好机会，发动了战争。结果，你猜怎样，简直像是报应，我们打败了不说，夷吾还被秦军活捉了。如果不是他姐寻死觅活地求秦君，秦君说不定就把他宰了。秦君可够宽大为怀的，竟然放夷吾回国继续当国君。去年冬天，他死了，他儿子圉当上了国君。他们父子俩都想置重耳于死地。夷吾是派兵追杀，没有成功；圉改变策略，欲先剪除重耳的羽翼。忘了告诉你，重耳出逃时，有一帮子贤能之士追随他，这些人均是将相之材。圉将重耳追随者的亲属都抓了起来，限期令他们召回重耳的追随者，否则就处死。规定的期限到了，一个追随者也没召回。圉大开杀戒，杀了许多人。其中有一个人我要特别提一下，他是狐突，大臣，重耳的外公。他儿子狐偃跟着重耳，他不肯召回，所以被杀了。这个狐突不仅是重耳的外公，也是夷吾的外公。他的两个女儿都嫁给了老国君诡诸，分别生了重耳和夷吾。按亲戚关系，圉应该管他叫曾外公。夷吾执政十四年，都没动外公一个手指头。圉，这个小胖子，刚当上国君，就把曾外公杀了。这小子，无论残暴，还是愚蠢，都超过了他爹。权力是头噬血怪兽，它喝起血来永无餍足。那几天京城里血雨腥风，哭声一片。很快，重耳回来了。他不是一个人，而是从秦国借了一支军队打回来的。这个在外流亡十九年的人，一踏上国土，圉的军队纷纷倒戈，重耳几乎没费什么力就打到了首都。圉被杀了。重耳做了国君。

重耳在外流亡十九年，一朝做了国君，许多夷吾朝的旧臣心存疑虑，担心报复。为首的吕甥和郄芮发动叛乱，带兵将王宫围了个水泄不通，然后堆上干柴，放火焚烧。他们要烧死国君重耳。宫廷内其他人都作为陪葬。我本来也在陪葬者之列，但我溜了出来。在此，我得感谢师父，师父生前一再告诫我要用命观察。正是用命观察，我才逃过此劫。傍晚，我看到几个宦官悄然出宫，总感觉有什么地方不对头，可是哪儿不对头，我也说不上来。我想起师父说的用命观察。所谓用命观察，就是稍有疏忽，便会搭上性命。用命观察，用命观察，几个宦官走出宫门的一瞬间，我终于有所发现。其中一个人的背影与其他人不同，他跨出门槛的步子是肆无忌惮的，也与宦官小心翼翼的步子迥然不同。他会是谁？潜意识中我已经有了答案，可我不敢相信。怎么可能呢？他是国君重耳，我确信。我从未见过国君这样子出宫。为什么？我百思不得其解。突然，我感到脊背发凉，仿佛一条冰蛇从脊背上滑过。国君出宫，我也别在这儿待了吧。一刻也不耽误，我也找借口出了宫。这时天已黑了。没走多远，我感到大地颤动，接着听到杂沓的脚步声，然后就看到一支队伍开了过来。我闪到一边，躲进黑影里。戈矛寒光闪闪。我担心士兵借助戈矛的寒光看到黑暗中的我。但没人往我这儿看，他们都盯着前边。前边是宫廷。吕甥骑马过来，马尾甩到我脸上。他是将军，甲胄整齐，显然有备而来。队伍过了半个时辰还没过完。另一个将军郤芮出现了。他也骑一匹高头大马。马尾巴又甩到我脸上。郤家世代公卿，很有权势。他和吕甥都是夷吾的追随者，陪夷吾流亡，给他出谋划策，帮他当上国君，又帮他镇压反对力量。他们担心重耳回国抢夺王位，建议夷吾除掉重耳。夷吾派寺人披去狄国行刺，结果晚了一步，重耳得到消息，离开了狄国。有这一些前因，他们担心重耳报复不无道理。他们夜里调兵，显然是造反。这天夜里，城门洞开，守门的士兵不知去向，我没费什么劲儿就出城了。

我朝着远离城市的方向走了很久，再也走不动的时候，我来到了一处宅院前。这是一处独立的宅院，周围没有邻居。此时已近卯时，天空正在泛亮。宅院里异常寂静，没有一点动静。看来都还在睡梦中。我又渴又累，但我不想搅扰别人的美梦，就没有敲门，而是蹲在墙脚等待天亮。一会儿工夫，天就大亮了。再看这处宅院，房屋虽然普普通通，但结实、讲究。我猜，主人一定是个务实、不事张扬的人。很快，传来门轴的吱呀声，然后是洒扫院子的声音。我敲敲门，开门的是一个大胡子中年人。他看到我很诧异。他大概没想到大清早会看到一个侏儒吧。他有些犹豫，要不要放我进去。他看了看我身后，又往远处张望一番，这才让我进去。我不明白他为什么如此谨慎，难道我会抢劫他不成？莫非他怀疑我是一个踩点的，身后还有同伙？总之，他的谨慎让人难以理解。我是一个侏儒，我只想讨口水喝，讨点吃的。他可以不让我进门，在门口像打发乞丐那样把我打发掉。既然进了门，我就不再多想。他问我从哪里来，我如实告诉他。他突然间问我认识他吗，我摇摇头。我怎么会认识他呢。我稍稍端详他一下，脑海中电光石火间闪过一个念头：似曾相识。我对他说，也许我们见过，但我想不起了。这本是一句礼节性的套话，没什么实际意义，只是说话留有余地而已。我完全没想到这句话会为自己招来杀身之祸。当时，我没察觉出有任何异样。他听了，只是"哦"了一声，这是太正常不过的反应。他为我端来吃的喝的，就离开了，让我独自享用。我也不愿狼吞虎咽时有一双眼睛在旁边盯着。我吃到一半，人在这时候是最为松懈的，突然眼前一黑，一个麻袋从天而降，将我罩住。我被头朝下提了起来，有人将袋口扎住。怎么回事？我完全蒙了，不明白发生了什么事。片刻之后，我才弄清楚我的处境。那些人出去了。那些人，没错，是几个人，而非一个，我从脚步声和他们说话的声调中听出来的。我被扔在那儿，在麻袋里。尽管这姿势极难受，但不妨碍我冷静地想问题。可我想来想去，仍然一头雾水。我，一个侏儒，没有财物，打劫我有什么用呢？再说，这儿也不像黑店，主人也不像强盗，他们为什么要对我下手？即使是噬血成性的人，也不会无来由地杀一个侏儒吧？我言语举止没有失礼之处，哪里惹恼了他们？难道我犯了什么禁忌？也不可能啊。我百思不得其解。我喊了两嗓子，没有任何回应。屋里没人。外边也没什么动静。可怕的寂静。

半个时辰过去了，门口响起了脚步声，接着门吱呀一声开了，进来几个人。我被人拎了起来。两个人各拽一个麻袋角，将我抬着往外走。我喊叫着让他们放我出去，可是没人理我。你们要干吗？快点放下我。他们是聋子，听不到我喊叫吗，为什么都不吭声？最怕的不是呵斥、殴打，而是没人理你。你不知道他们要干吗。你什么也不知道。如同一个人被蒙着眼从高处推下去，你坠落，但你不知道地面在哪里，不知道下面是水，是土，是草垛还是岩石。真是恐惧。师父说宫廷是世上最为凶险的地方，稍有差池，命即不保，可我在那里也没如此恐惧过。命，难道这就是命吗？我被扔进了一个坑里。我听到铲土的声音。我感到泥土砸在身上。现在，什么都明了了，我正在被活埋。兄弟，你看，命运多么会开玩笑，我毫发无损地从京城虎狼之地逃了出来，却要在这个偏僻安静的宅院里丢掉性命。一个侏儒，死了也就死了，没人关心这件事。说到这里，我深感悲凉。生命如此脆弱，如此低贱，如此卑微，尤其是一个侏儒的生命。我没亲人，师父十九年前就死了，没有人牵挂我，我也不用牵挂什么人，这样，死真是轻于鸿毛。我呼吸困难，神思恍惚，就是在这时候我想起了你。我并非没有亲人，你就是我的亲人啊。我们是双胞胎，有心灵感应的双胞胎，心灵息息相通。我多么希望我的灵魂能飞出躯体，飞到你身边，与你的灵魂融为一体，从此开始过另一种生活。但愿我的死不会影响到你。我希望你永生不死。

　　师父教我用命观察，我辜负了师父，临死也没弄明白自己为什么会陷入这种境地。我一遍遍回想我与大胡子中年人见面的情景。他很谨慎，甚至谨慎得有些过分，这是不寻常的。他为什么要如此谨慎，我想不明白。我们的交流极其简单，总共就几句话，他问我从哪里来，我说都城。他问我认识他吗，我摇摇头，但又补充了一句，也许我们见过，但我想不起来了。慢，我为什么要补充这一句，这仅仅是一句虚话吗？当时，回到当时，用命观察，我头脑中闪过一个电光石火的念头：似曾相识。莫非我真的见过他？调动一生的记忆，去捕捉一个影像。到遗忘的沙漠中，到遗忘之海中，去寻找，去发现，或者去创造。如果他去掉大胡子，他的面部轮廓——哦，有了，一个少年，对，是他，快想想他的名字，想起来了，头须，他叫头须。他的名字真怪，倒符合他现在的形象。仿佛宿命中他父亲已预见到他今日的大胡子形象，所以给他起了一个这样的怪名。我见他是在十九年前，那时他还是个少年。他跟随重耳流亡后，我再也没见过他。他的故事可谓尽人皆知。他帮重耳掌管财物，流亡途中卷款逃走，使得重耳一帮人陷入困境。重耳向一个在田地里干活的老农乞食，老农抱起一个大土坷垃放到重耳怀里，给，吃去吧。重耳气得要拔剑，他舅舅狐偃怕他生事，惹出麻烦，劝他说，这是上天要赐给你土地，还不拜领。重耳于是拜领了土块，可这玩意儿能吃吗？他们饿得半死，最后介子推将自己大腿上的肉割下一块，和着野菜，煮熟了给重耳吃，感动得重耳涕泪交流。这一切都拜头须所赐。这家伙原来躲在这里。怪不得他那么谨慎，如今重耳做了国君，他能不担心报复吗？国君的报复可不比匹夫的报复，说不定要灭九族的。头须——我用最后的力气叫出他的名字。

铲土的动作停止了。没有土再落到麻袋上。我获得喘息机会。什么声音也没有，静得可怕。几个活埋我的人在发愣，他们显然听到了我叫出的"头须"二字，但又不完全确定，怀疑自己是不是听错了。头须——我又叫一声。一个声音说，你果真认出了我，我就更不能留你了。我又听到了铲土的声音。如果不马上想到自救的办法，我大概永远没有活命的机会了。慢——我叫。他们的锹里铲满土，停在半空中。土粒簌簌下落。我说，不要以为，只有我一个人知道你住这儿。还有谁知道？我说，放我出去。一个年轻的声音说，别听他的，他在骗我们。中年人说，等一等。他凑近我，说，还有谁知道？我说，一个侏儒能找到你，你以为别人找不到？这话触到了他的要害，他在思索。我是来救你的，我说。此时，撒点谎是必要的。为自己争取时间，为活命争取机会。兄弟，尽管我对人生持完全悲观的看法，也自认为看淡了生死，可是，死到临头，我发现自己的求生欲望如此强烈，思维比平时快一千倍，可以抓住渺茫得如一缕轻烟般的机会，让自己活下去。如果没有这样的机会，就创造这样的机会。他并不相信我的话，我能感觉出来。一个素不相识非亲非故的侏儒说来救你，鬼才信呢。不能让他有更多的时间怀疑。我说，只有我能救你。我，不是别人，独一无二，唯一，将这个概念灌输进他的头脑中，就能动摇他活埋我的决心。相信我，我说，只有我能救你，只有我能救你的家族。家族，这是个有分量的词，足以引起重视。家族，代表的是许多鲜活的生命，年长的、年幼的，男的、女的。家族，也即血脉。我说，杀了我你就大祸临头了。这不是恫吓。他说，你怎么救我？我等的就是这句话，只要他说出这句话，我就知道我暂时死不了了。他的声音外强中干，显然恐惧已经攫住了他。我说，你就这样让我救你吗？他犹豫一下，将我扒了出来。麻袋解开后，我又重见天日了。太阳刚好出来，一轮巨大的红日从地平线跳跃一下，升入空中。这是平生所见的最为新鲜的太阳，照得我睁不开眼睛。我的手和脚都是麻木的，无法移动。我看了看脚下的土坑，坑不算大。他们知道活埋侏儒不需要大坑，一个小坑就行了。泥土湿漉漉的，几条蚯蚓在蠕动。它们对突然发生的事故不适应，还在寻找它们失去的家园。活埋我的是头须和他的三个儿子，三个儿子都有门板那么高，个个漂亮，像刚出窑的瓷器。头须说，别想耍花招，你跑不了的。我知道。他们并没把坑填平，那意思很明显，他们随时会把我再扔进去。对他们来说，这再容易不过了。

亲爱的兄弟，接下来我可把谱摆足了。尽管危险并未完全消除，但我已掌握了主动。我要他们重新端上吃的，我要填饱肚子。有酒吗？我要喝点酒压压惊。他们给我倒了一碗酒。我说没有肉，他们又给我上了肉。他们虎视眈眈。我知道他们怎么想的。他们肯定心里在说，你就折腾吧，看你能蹦跶多久。我的命在他们手中攥着，他们冷眼旁观。酒足饭饱之后，我擦擦嘴，让他们都坐下，别老站着，好像随时准备将我拎出去活埋似的。他们不情愿地坐下。这样好，不然你们比我高出太多，我看着别扭。我知道这句话不中听，但我就是要这样说，故意气他们。我说，这宅院不错，看着不起眼，其实很讲究，花了不少钱吧？头须不理我，肚子气鼓鼓的。我接着说，如果我猜得没错的话，这是你用偷重耳的钱财买的。头须已经咬牙切齿了。我不管，继续刺激他，以报刚才他们活埋我之仇。我说，可在我眼里，这就是一片废墟。头须的三个儿子随时准备扑上来将我掐死，只要头须一句话。头须忍着气，听我说下去。

我说，你的三个儿子都一表人才，可惜啊，脑袋快搬家了。

我看到头须攥紧拳头，他在努力克制自己。我说，看得出来，你现在比刚才更想杀我了，再忍耐一下吧，听我把话说完，我这条贱命就在这里，跑不了的。你，头须，你是可以跑的，跑到天涯海角，跑到国君找不到你的地方。这儿不行，我一个侏儒都能找到，何况国君。再者，你不要以为留个大胡子就没人能认出你来。要想叫人认不出，我教你一个办法：毁容，把相貌变了；吞炭，把声音变了；断腿，把走路的姿态变了。这样，说不定你就安全了，你一安全，你几个孩子的命也保住了。别那样看着我，我知道你心里在说什么，你说，就这馊主意，你还想活命，我得先把你宰了。你真要打算这样做的话，你就把我活埋了，反正坑是现成的，不费什么事。可我谅你做不到，你没这个决心，你要能做到，你就不是个贼了。贼，这个词让头须脸色苍白，几乎昏厥，可见对他的刺激很大。一般人，你说他是贼，他会立马和你拼命。贼，也不让说贼，你说贼他也会和你拼命。头须的三个儿子不能容忍一个侏儒侮辱他们的父亲，马上就要动手，他们在互相交换眼色。空气骤然变得很紧张，如绷紧的丝线。我说，你如果既不想让抄家灭族，又不想活得像丧家犬一般，就得听我的，我会让你活得堂堂正正踏踏实实，还会让你得到国君的礼遇。头须显然并不相信我的话，可是又怀着一丝侥幸，万一我有灵丹妙药呢。如同溺水的人，你给他一根稻草，他也会紧紧抓住不放。他的三个儿子则想尽快除掉我，只要除掉我，一切麻烦将不复存在。老大还稳重一点，老二老三却是急不可耐，他们脸上写着简单和颠顶。好在，他们翅膀不硬，还不敢自行其是。

我说，最近有一件事轰动天下，你肯定也听说了。头须说，最近哪件事不轰动天下？说得对，国君夷吾之死轰动天下，小胖子圉当上国君大开杀戒轰动天下，重耳打回来杀死圉夺了君位轰动天下，重耳大封功臣轰动天下。吕甥、郤芮要弑君注定也要轰动天下。我说，如果你当初没有卷款外逃，说不定现在也被封为大夫了。头须摆摆手，不让提这档子事。他当初哪儿想到落魄的公子最终会当上国君。如果先知先觉，打死他也不会干出那种傻事。我说，介子推你应该不陌生吧？头须痛苦地摆摆手，不要提他。我说，你告诉过你的孩子们为什么要隐居到这儿吗？头须制止我，这不关你的事。我说，你看，这三个孩子，都长得比门板还高，他们什么都听你的，你是他们的榜样，可是你告诉他们生活的真相了吗？头须说，你到底想干什么？他的大儿子说，不许挑拨离间。这小子，他的语气不那么坚定了，看来他对真相既渴望又害怕。我盯着他，你知道你父亲为什么要活埋我吗？他说，你会给我们带来灾难。我哼了一声，冷笑道，你长个脑袋是干什么用的，不会思考吗？一个侏儒给你们带来灾难，带来什么样的灾难？为什么？头须的大儿子看着头须，用眼睛征询他的意见。二儿子三儿子毫无头脑，他们眼中父亲就是天，父亲的话就是圣旨，干吗要问为什么。他们说，别听他啰唆，活埋吧。头须看一眼大儿子，大儿子收回目光。头须在家中至高无上，权威不容置疑。他不敢面对过去，也不愿面对过去，他说，你是想拖延时间吗？我说，我是在看这一家老少值不值得我救。远处，一股浓烟冲天而起，吸引了大家的目光。那是都城方向。头须的大儿子说，城里失火了。我说，不是失火，是有人放火。他看我一眼，显然不相信我的话。好大的火。我说，烧的是宫殿。有人造反。头须说，谁在造反？我说，郄芮和吕甥。头须讽刺我，你能掐会算啊。我说，是的。

我被软禁起来。头须派他的大儿子去打探情况，派他的二儿子和三儿子看着我。这俩小子对此差事颇不乐意，他们羡慕哥哥能够出去逛逛。从他们的话中，我知道头须对他们管得很严，很少放他们出去。我说，你们要好好伺候我，把我伺候好了，你们才能获得自由。老二说，你有什么能耐，口口声声要救我们？老三说，我看不出我们有什么灾祸，你八成是个骗子。我说，如果我是个骗子，你父亲就是个傻瓜，因为他太容易被骗了。老二让我住口，老三用棍子敲我头。我说，你们把头须看成神，可他只是个贼。俩小子一生气，将我捆了起来。你们会后悔的。老二说，会吗？老三说，会吗？这两个白痴哈哈大笑。老二说，我们现在把你伺候好了吧。老三说，你看，我们是不是自由了。他们将我撂在屋里，出去了。我喊，头须，你个贼，快放开我。我相信他一定躲在某个能看到我或能听到我的地方。他不会将我扔给两个小家伙就不管了。我喊了一阵，俩坏小子回来，将我嘴塞住，又出去了。

　　头须再次出现，换了一副面孔，一副倨傲的样子。他的三个儿子齐刷刷地在他身后，如同保镖。不用猜，他的大儿子给他带回了乐观的消息。同样，不用猜，我也知道带回的是什么消息。头须说，你说得没错，是有人造反，他们将宫殿围起来，一把火烧了个干净，里边的人一个也没跑出来。他肯定以为重耳被这场大火烧死了。重耳一死，他就无忧了。我摇摇头，发出呜呜的声音。头须将我嘴里塞的东西掏出来。我腮帮子又酸又困，不会合拢嘴巴。他将我下巴往上托一下，我的嘴巴才又听使唤了。我说，你要杀我吗？他说，你知道得太多了。我就猜到会是这样的结果。我哈哈大笑，笑得眼泪都出来了。他们四个人疑惑地看着我，以为我疯了。我笑什么呢，是笑命运的无常、他人的善变，还是世界的荒诞？我也不清楚。我是本能地大笑。作为侏儒，我喜欢反着来，悲伤时大笑，欢乐时流泪。我并非为自己感到悲伤，我是为人类感到悲伤。我可能反应迟钝，我还在想那把大火，把宫内人全部烧死的那把大火。我心如寒冰，人，多么可怕，杀起同类来一点儿也不手软，手段残忍，令人发指。人们不把侏儒看作同类，我但愿和他们不是同类。至少，侏儒不会自相残杀。头须，这个小人，他如何能够理解这些。他问我笑什么。我说，笑你愚蠢，天堂有路你不走，地狱无门偏要闯。他哼了一声，侏儒人小嘴不小，死到临头还逞强。我说，你不是说我知道得多吗？其实我知道的比你想象的还要多。一把火烧了宫殿，你就以为国君烧死了？我告诉你，飞龙在天，潜龙在渊，重耳还活着。头须很吃惊，这怎么可能？我说，不要忘了我能掐会算，不出三天，重耳就会现身，郄芮和吕甥的头则要挂在城头上。这些话说出来后，我也感到吃惊，因为全是推测，并无依据。我说自己能掐会算是骗头须的，现在我连自己也骗了，真的开始掐算了。性命攸关，已无退路，只好赌一把。头须半信半疑，以为是我为了多活三天，使的拖延之术。他说，那就让你多活三天吧，我倒要看看你还有什么招儿。

我被解开绳索关在屋子里，有人给送吃的，但没人和我说话。我唯一能做的事就是等待。屋里很安静。奇怪的是屋外也很安静。院子里几乎没有什么声音，仿佛这是一处废弃的宅子。偶尔有脚步声，那是仆人给我送吃的。我问仆人，他们都去哪儿了。他指指自己的耳朵，摇摇头，径自而去。仆人是个聋子，听不到我说话。另外，可能是家规严厉，不允许他和我交流。我把事情的前前后后想了一遍，对自己的处境再清楚不过了。一切都取决于时间。三天，决定命运的三天。我并不确定重耳能在这么短的时间里卷土重来，反转局面。听天由命吧。

给你来个插曲，说说寺人披吧。十九年前骊姬乱政，老国君诡诸派寺人披去杀重耳。那时重耳在他的封地蒲城。国君命他两天赶到，他一天就赶到了，差点杀了重耳。重耳逃亡狄国。夷吾即位后，又派寺人披去狄国杀重耳，命他四天赶到，他三天就赶到了，重耳险些落入他手。重耳当上国君后，寺人披求见。重耳不愿见他，派人传话给他，你两次去杀我，虽然有国君的命令，但你也太快了吧。寺人披说，作为臣子，领命当全力以赴，哪里还会顾及其他。此一时彼一时，那时重耳是亡臣，此时重耳是国君，想及此，重耳也就释然了。但他仍然不见寺人披。吕甥、郤芮叛乱之前，寺人披闯入宫殿，重耳发怒，要处置寺人披。但见到寺人披时，他的脸色就变了，变得和颜悦色了。他拉住寺人披的手，说，不是不见你，是我太忙了。重耳和寺人披说了半个时辰。我想正是寺人披告密，重耳才知晓吕甥、郤芮的叛乱阴谋，易装潜行出宫避祸。我看到重耳扮作宦官的背影，于是也溜出宫了。如此说来，没有寺人披，我也就不会在这里。不过话又说回来，没有寺人披，我大概已经被烧死在宫里了。

三天很漫长，但也终于过去了。到了揭晓命运的时候。头须又领着他的三个儿子出现了。一见到他们，我就知道都城里发生了什么事。他们与三天前的神态大不相同，头须忧心忡忡，他的三个儿子则像霜打了一般。师父说过，人的脸是面具，但写着许多东西，你要善于去读。我在他们脸上读到国君重耳回到了都城，读到了吕甥、郤芮的人头挂在了城头。他们进屋后，头须用下巴示意，他的三个儿子在我面前扑通跪下。这是干什么？头须说，招待不周，多有得罪，先生海涵。我说，国君重耳还活着。头须说，活着。我说，吕甥、郄芮死了。头须说，死了。我说，你呢？头须说，我——他不晓得我问什么，疑惑地看着我。我说，你不跪下吗？头须没想到我提出这样的要求，一时不知所措。我说，你难道不想拯救自己的家族吗？头须听出这句话的分量，犹豫一下，跪了下去。对付头须这种人，你必须在气势上压倒他，不能让他患得患失。另外，还必须在精神上打垮他，让他趴下，老老实实做人。我没让他们起来，就让他们那样跪着吧。他们跪着的高度与我差不多。我曾开玩笑地说过，人们看的是上面的世界，侏儒看的是下面的世界。让他们也看看下面的世界吧。

上次我想说一件轰动天下的事，一提到介子推的名字，头须不让我说下去。尽管最近发生的事更血腥更轰动，但我还是要说说介子推。当年头须卷走公子重耳的钱财，重耳一干人饿得半死，重耳向老农乞食，老农只给了他一块土坷垃。这时候，介子推将自己大腿上的肉割下一块，和着野菜，煮熟了献给重耳，感动得重耳涕泪交流。重耳当上国君后，大封功臣，追随他流亡的人都得到了封赏，一个个位高权重，荣耀无比。他唯独忘了介子推。介子推背着老母，隐居到了绵山。一天，重耳走出宫门，我唱道：

龙，龙，飞出穴，
五条蛇，相环绕。

龙，龙，飞上天，

四条蛇，入云霄，

一条蛇，不见了。

　　重耳听到我唱歌，停下脚步，把我叫到跟前，你是说介子推吧。我说，介子推割股的故事，全天下人都听说了，可是——重耳说，我怎么会忘了介子推呢！只是最近事多，封赏之事没往下进行。他立即命人去召介子推，介子推已人去屋空。派人四处打听，得知介子推隐居绵山。重耳亲自去绵山，让人喊话，请介子推下山。介子推隐藏起来，不肯露面。派人搜山，也没搜到。有人出主意，放火烧山，介子推肯定下来。重耳下令烧山。天干物燥，大火顷刻间就毕毕剥剥蔓延开来，风助火势，火借风威，直把绵山烧了个精光。介子推没有下山。火灭了后，士兵搜山，发现介子推和他母亲已被烧死。介子推为了保护母亲，让母亲贴着一个巨大的树干，他从外边搂着母亲，用身体做屏障为母亲挡火。他被烧死时就保持着这样的姿势。重耳后悔不迭，但悔之晚矣。他将绵山改名为介山，以纪念介子推。山上树木都烧成了炭，唯独介子推母亲贴着的那棵树没有经火。重耳命人将此木削下，制成鞋底，做了一双鞋子穿到脚上。每每低头，看到鞋子，他便想到介子推。

　　我对头须说，介子推割股的故事你听说了吧？头须说，听说了。你的三个儿子知道吗？头须点头，知道。介子推被火烧死的故事你也知晓。他说无人不晓。孩子们呢？他说也晓得。你在其中起的作用，他们晓得吗？他摇摇头。我说，告诉孩子们真相。头须很为难。有些事他们还是不知道的好。有损你高大的形象吗？头须说，我说不出口。一个不忏悔自己过错的人也值得我救吗？头须无语。一个是非不分的家族也配一代代延续下去吗？头须脸色煞白。他的精神快崩溃了。他大概想到了被诛灭九族的恐怖景象。我说，介子推死后，国君悔恨吗？追根溯源，他最怨恨的人会是谁呢？一个他信任的人卷走了他的钱财，使他陷入饥荒。而另一个人把自己腿上的肉割下来给他吃。割肉给他吃的人死了，而偷走他钱财让他陷入饥荒的人却还活着，他会怎样？天下之大，一个不义之人藏身绝非易事。并非只有我一个人知道你隐身于此。还有谁知道？我说，你最好不要问这样愚蠢的问题。我之所以只身来此，并不是要害你，而是要救你。但我首先得知道你值不值得我救。而一个不愿正视过去、不肯悔罪的人，救之何益！

头须终于撑不住了，昏了过去。他的三个儿子七手八脚扶他起来，掐了一会儿人中，他才悠悠醒来。三个小子对我怒目相向，恨不得立时扑上来将我撕成碎片。头须看着他们，摇摇头，示意他们不要冲动。他说，的确到了该面对的时候，这件事像块大石头，在我心里压了十九年，压得我喘不过气来。我悔恨、害怕、恐惧，噩梦连连，我曾想过解脱，一了百了，可是我不忍心抛下孩子，他们是无辜的。我隐名埋姓，苟延残喘，从不与任何人交往，也不让孩子们与任何人交往，甚至不允许他们轻易走出这院子。重耳当上国君，我就知道这一天终究会来的。得知介子推被烧死，我羞愧难当。他死了，被人们铭记；我活着，却遭人唾骂。我度日如年，生不如死。先生来此，我一下子就认出你来了，十九年前我们见过。恕我无礼，侏儒是只要见一面就再也忘不掉，我没想到你那么好的记性，也认出了我。我留了胡子，自认为变成了另外一个人，没想到还是被你认出来了。我因为恐惧，才对先生那么无礼。你不是无礼，而是要加害于我，我说，不要把活埋轻描淡写地说成是无礼。头须说，是，我知罪，罪该万死，我该下地狱，下一百次都不亏，可是，先生，求你救救我的孩子们，他们还小，还什么都没经历，我不想让他们陪着我死。头须示意他的三个儿子磕头，快，求先生救救你们。三个小子大概意识到问题的严重性，乖乖地磕头，鹦鹉学舌般地说，先生救救我们。

亲爱的兄弟，说实话，我对拯救头须一家并无多大兴趣，头须别看他可怜兮兮，一把鼻涕一把泪的，那都是表演，归根结底，他是个小人，十九年来他除了恐惧，并没有多少悔悟，否则他就不会活埋我了。他用你时一个样子，不用你时一个样子。小人都如此。他的三个儿子，一个个都挺拔标致，可是没有头脑，行尸走肉而已。头须这种人能培养出什么儿子。他们一家把我当成上天派来的拯救者，我也确实扮演了拯救他们的角色。无论我对他们有多么糟糕的看法，我还是要兑现自己的诺言，即让他们堂堂正正生活，并得到国君的礼遇。

在实施计划之前，必须让头须对国君重耳有个正确的认识，这至关重要。否则，不但计划难以实施，我的性命恐怕也会葬送。他们为我挖的那个坑还在，我可不想长眠于那个地方。我说，你追随过国君重耳，你认为他是什么样的人？头须说，他是个了不起的人，要不然"五贤士"也不会追随他十九年。我说，如果你也能追随到底，他就更了不起了。头须说，我该死，我没想到——我说，你没想到他最终会当上国君，否则你也会一直追随，是吧？你是个功利主义者，你只考虑利益，而那些人，狐偃、赵衰、介子推，他们是出于信仰而追随，二者有天壤之别。幸亏你离开了，否则你会玷污那支队伍。我说得一点儿也不客气，句句犀利，没有必要给头须这种人留面子，他不配。头须羞愧难当，低下了头。我说，你认为重耳是要当一个明君，还是当一个昏君？那还用说，当然是当一个明君，头须说。下面我要说出我的计划，如果你没有胆量去实施，那么一切都是泡影，你不但不能一步登天，还会下地狱。当然，你下地狱之前我会先下地狱，因为怯懦与残忍分不开，你会因为自己的懦弱而将我活埋，之后，等着诛灭九族。你有胆量吗？头须说，有。

我说，其实计划很简单，你亲自去见国君重耳，并要求他出行时带上你。尽管有之前那么多铺垫，并在精神上完全压倒了他，我的话仍然让他跳了起来，你是让我去送死吗？让他诛灭我九族吗？我说，你不是说他要当一个明君？头须说，即使他诛灭我九族，也不影响他当一个明君，他杀了我这样的小人，人们还会拍手称快呢。我说，你究竟是个小人，难以理解伟大君主的胸怀。杀一个小贼与拯救万千人的生命，孰重孰轻？逞一时之快，与让国家长治久安，孰轻孰重？重耳在外流亡十九年，国内很多人早将他忘了。夷吾当了十几年国君，他的追随者也不止吕甥、郤芮两人，还有很多人在那时获得了权力和财富，吕甥、郤芮被杀了，他们肯定人心惶惶，害怕有一天自己的头颅也会挂到城头上。恐惧会导致人疯狂，正如怯懦会导致人残忍一样，叛乱说不定还会发生。每一次叛乱都会导致千百人死亡，如果规模大的话，还会使国家陷入内战，那死的人将不知凡几。这就是国家现在的局面，也是国君的忧虑所在。改变这种局面可有良策？我告诉你，有。你偷重耳钱财，使重耳陷入饥荒，介子推割股的故事，天下无人不知，无人不晓，正如你所说，诛灭你九族也不为过，人民还会拍手称快，如果国君连你都会原谅，其他人还会担心国君记他们的仇吗？如果大家都不担心国君报复，你说，国家是不是就会安定下来？一举，而能使国家安定，人民不再恐惧，国君高枕无忧，一个伟大的君主会放过这个机会吗？所以，你，这个无耻小人，此时此刻正有大用，而且是安邦定国的大用，这是你的运气。机会稍纵即逝，你如果抓不住这个机会，等国家安定下来，你还有什么用呢？

亲爱的兄弟，你现在明白了吧，我是要借头须一用，帮助国君使国家安定下来，免得成千上万的人流血。我闻不惯血腥味，那气味让我窒息。我本没有多大情怀或多高的境界，拯救人民于水火这样的事我从未想过，那不是我的职责和使命，我只是个插科打诨逗人一乐的侏儒，人们甚至不把我视为同类，更不会对我抱有什么期望。师父教导我，要好好活着，天塌下来有高个子顶着，轮不到我们侏儒。总之，不要逞英雄，我也从未想过要逞英雄。我这样要安邦定国，也是被逼出来的。被活埋时，我首先想到的是如何活命。为了活命，我说要拯救头须一家。怎样才能拯救头须一家？这需要国君原谅他的过错，而国君如何才能原谅他的过错呢？那就是原谅他的过错对国君有利。怎样做才能对国君有利呢？国君忧虑的是什么？国家的安定。若原谅他能使国家安定下来，国君无忧，国君岂不就能原谅他了吗？这都是活埋时头脑中转过的念头。人在极端的情况下，头脑的运转是超常的，灵感会像闪电一样到来。

我的一番话对头须产生了作用，他理解了内在的逻辑，感到虽有风险，但成算很大，值得赌一把。于是，他剃掉胡子，到都城求见国君重耳。宫殿已被吕甥、郄芮一把火烧了，重耳在他舅舅狐偃家主持朝政。头须来到狐偃家，让门房通禀，就说偷国君钱财的头须求见。重耳完全没想到头须会主动上门，他没有立即召见他，而是让人问他，你有何脸面来见寡人？头须说，我能使国家安定。重耳于是召见头须，小子，口气不小，说说看，你怎么使国家安定？头须将我教他的话重复了一遍。他说，我偷国君钱财，使国君陷入饥荒，介子推割股，天下无人不知，无人不晓，灭我十族都不为过，如果国君能赦免我的罪过，并让我坐上你的车，与你一起在都城里转一圈，百姓看到了，就都知道国君不念旧恶，不计旧仇，人心自然安定下来。国君听后，拊掌大笑。重耳何等聪明，一个困扰他多日的问题终于有了答案。

接下来的故事一如我所料，国君重耳采纳了头须的主意，载着头须在都城里巡游了一圈。其效果你也看到了，国家由此安定下来，再也没有内乱，百姓安居乐业，大臣尽心国事，一派欣欣向荣的景象。

至于我，你的兄弟，这个真正出主意的人，说来真是凄惨，我再一次被丢进那个挖好的坑活埋。头须临出门时给他的三个儿子交代，他若酉时还不回来，就将我活埋了。他的三个儿子，我说过他们没有头脑，他们是头须指令的忠实执行者，他们一到酉时就动手，将我再次装入麻袋，再次抛进坑中，再次活埋。坑还是那个坑，我有一种熟悉的感觉。这三个家伙庆幸没有将坑填掉，让他们省了许多力气。活埋我的还是那些人，只是少了头须。恍惚间，好像中间几日并不存在，我只是做了个梦而已。命运就是这样，难以捉摸。兄弟，我再次想到了你，你是我在世间唯一的亲人，我希望我的死没有影响到你，愿你长命百岁。

亲爱的兄弟，如你所知，我并没有死，否则怎么会有这封信呢？头须因为国君赐食，他赶到家时已是酉时一刻。他的三个能干的儿子差不多已将我埋住。他还算有良心，将我扒了出来。我一息尚存。他对他的三个儿子说，我们别再作孽了，我们要堂堂正正地活着。去他妈的，让他们堂堂正正地活着吧。呼吸一会儿新鲜空气，我又活过来了，能够爬起来行动时，我坚决地离开了这处宅院。

帷幕后的笑声

这笑声是一个女人发出的，如一串铃铛散乱开，在地上滚动。有的滚到我脚边，跳过脚面继续往前滚，直至滚到某个看不到的角落；有的弹跳着，越弹越高，碰到屋顶还不肯罢休；有的在原地旋转，越转越快，令人眩晕……

亲爱的兄弟，让我给你说说我跟随郤克出使齐国的经历吧。真是太好玩了，简直像做梦一样。我也不知道郤克哪根神经搭错了，要带上我。我问过他，他说，你不乐意出来吗？我当然乐意了。作为一个插科打诨逗人发笑的侏儒，为不少外国使者表演过节目，但出国，却是头一遭。我说，我太高兴了，这样的美差落我头上，我有点晕，不敢相信这是真的。我想，不知是哪位祖先积了阴德，得蒙大人这样眷顾。好了，嘴巴别这么贫，郤克说，记住，从现在起，你是使者，不是小丑。我说，我是一个做了使者的小丑。郤克说，不对，你是小丑做了使者。我说，这不一样吗？小丑，使者；使者，小丑。郤克说，不一样，做了使者的小丑还是小丑，小丑做了使者，就是使者。我说，做了使者的小丑还是小丑，我明白，小丑做了使者就是使者，但不还是小丑吗？郤克说，不是小丑了！我说，那，我也不是侏儒了？郤克说，不是了。我说，可我还这么高。郤克说，即便这样，你也不是侏儒，你只是个子矮些罢了，你是使者！我说，那么，你也不是……我还没说出"瘸子"这两个字，郤克就生气了，用手杖戳着车底板，说，我是郤克大人，不是瘸子！马车夫吓了一跳，勒住马，回头问发生了什么事。我说，没什么，郤克大人说他不是瘸子。马车夫吐吐舌头，没敢接话，抖抖缰绳，继续赶他的马车。

我胆敢冒犯郤克大人。亲爱的兄弟，我这样做一般人是难以理解的，你恐怕更难理解，但这是师父教给我的生存秘籍，即永远做一个长不大的孩子，童言无忌，否则国君养一个侏儒干吗？人们认为侏儒的智力和他的身高是相当的，那就让他们这样认为好了。要把智慧藏起来，像傻瓜那样生活。你看，这次郤克大人只是瞪我一眼，没再说什么，他不和我一般见识。

郤克是个瘸子。他最不能容忍的就是人们说他是个瘸子。你若当面说他是个瘸子，他会和你拼命。别看他个子小，年龄一大把，脾气火暴着呢。他的腿是和楚国打仗时受的伤。当时，他是大将，在战车上指挥作战，一杆长枪刺中了他的右腿，血流如注。战事正胶着，他若倒下，非败不可。身边的鼓手看到满车都是血，要为他包扎，鼓点慢了下来，他呵斥一声别管我，一把夺过鼓桴，奋力擂鼓，气势如虹。晋军看主帅亲自擂鼓，精神大振，奋勇争先，一举击败楚国。这之后，他就成了瘸子。他很不甘心。可是不甘心也没用，瘸子就是瘸子，再也回不到原来的样子了。他本来脾气就古怪，腿瘸了之后，就更加古怪了。他虽然走路不方便，但精气神仿佛比以前还足，走路昂着头，一副睥睨万物的神情。他上下车从不要人扶，如果有人好心去扶他，他会愠怒地给他一个难堪，你认为我是一个废人吗？诸如此类，不一而足。

我以为郤克带上我是为了给他解闷，增加旅途乐趣。一个侏儒小丑，除了说笑话，表演滑稽节目，还能做什么？使者，那是说给别人听的，你以为小丑做了使者，就真是使者，不是小丑了？我没那么幼稚。尽管我总表现得很幼稚，像个孩子，但我清楚我的身份地位。侏儒就是侏儒，小丑就是小丑。可郤克没让我给他说笑话，也没让我给他表演节目。他喜欢安静。他要么呆呆地看着飞掠而过的村庄和田野，要么打盹儿，一点儿情趣都没有。我要他讲一个养龙的故事，他也不要听。在飞驰的马车上颠簸，郤克觉得苦不堪言，我却很喜欢。颠来颠去，我的身子更活泛了。虽然伴着这个怪人，这一路仍然很开心，因为看到的一切都是新鲜的，村庄、田野、房屋、人民、集镇、道路等，都像刚诞生一样新鲜。人们说话吵架的口音腔调各色各样，有的如同唱歌，抑扬顿挫，有的带着尖细的尾音，好像每说一句话都要吹声口哨似的，很好玩。就连从田野里吹过来的风，也清新芬芳，令人惬意。

一路上，我听到不少好听的歌谣，也收集了一些有意思的故事，说起来话长，就不再说了，我主要给你说说到齐国首都之后的故事吧。

我们到临淄后，被安排在上等馆舍中。床铺被褥皆是新的，显然刚晒过，摸上去暖暖的，能闻到太阳的味道。厨师、丫鬟、杂役都很棒，也恭顺听话。门口执戟卫士高大威武。我们安顿下来后，郤克问我，你看出什么异样了吗？我说没有。真没有吗？我说我眼拙。看看他们的眼神。我说，没看出来。其实，怎么会没看出什么呢？接待我们的礼官尽管竭力掩饰，眼睛中仍然飘出狡黠的笑意。想想看，来自大国的两个使者，一个是瘸子，一个是侏儒，能不让人窃笑吗？后来，我才知道人们窃笑还有别的原因，这天齐国接待的使者并非只有我们，还有鲁国的季孙行父，他是个秃子；还有卫国的孙良夫，他瞎了一只眼；还有曹国的公子手，他是个罗锅。几国使者各有残疾，同时抵达，如此巧合，确实有趣。别说他们想笑，说实话，我也想笑。真是巧得不能再巧了。人们窃笑，乃人之常情，不必去计较。郤克过于敏感了。何必呢，装作没看见不就得了。只要不对你无礼，人们爱咋想咋想，管他呢。郤克说，齐人无礼，貌恭心非。我觉得郤克说重了，可是第二天发生的事情证明郤克的话不是说重了，而是说轻了。

第二天吃过早饭，我们被礼官引领着进宫，去晋见国君。齐国的宫殿装饰得很豪华，宫殿两侧垂下红色帷幕，完全遮挡了柱子后面的空间。宫殿的右侧竖一面大镜子，我们走过时能看到镜子中的映象。就是说镜子中也有一个瘸子和一个侏儒。我从未见过这么明亮的镜子。我第一次这么清晰地看到自己的容貌，不自觉地多看了一眼。我朝镜子做了一个鬼脸，镜子中的侏儒也做了一个鬼脸。郤克看我有失体统，拉我一把，镜子中的瘸子也拉侏儒一把。我原以为自己挺可爱的，没想到如此丑陋，这是我的容颜吗？简直叫人恶心，不由得心情大坏。我隐约听到帷幕后的笑声，似乎刚要笑，又捂住了嘴巴，所以听上去是很奇怪的声响。在我们身后，是鲁国的使者，一个秃子。他走过镜子时，也被镜子中的秃子所吸引，不自觉地摸了一下自己的秃顶。帷幕后又有奇怪的声响发出。接着进殿的是卫国的使者，他右眼瞎了，眼珠是白色的，看上去像个蚕茧。他同样在镜子前慢下脚步，多看一眼，他也没见过这么明亮的镜子。他大概被自己那只瞎了的眼睛吓住了，皱了皱眉头。这时帷幕后又传来奇怪的声响，如同公鸡正在打鸣被捏住了脖子。最后进宫殿的是曹国的使者，他也被那面醒目的镜子所吸引，他在镜子里看到了另一个罗锅，多么丑陋呀，他肯定会这么想，从他的表情就能看出来。一个丑陋的人必须忍受自己的丑陋，多么无奈啊。帷幕后又传来奇怪的声响，我敢肯定那是笑声。随后，更令人惊异的一幕发生了，从镜子中鱼贯走出瘸子、侏儒、秃子、独眼人、罗锅。你肯定已经猜到了，并没有什么镜子，那只是个镜框而已。我们以为在镜子中看到的映象，都是我们的模仿者。瘸子走到郤克面前，侏儒来到我面前，秃子到鲁国使者面前，独眼人到卫国使者面前，罗锅到曹国使者面前。如此一来，我们每个人都像面前竖面镜子一样，我们和自己的影象待在一起。这时帷幕后爆发出一阵难以遏止的笑声。笑声如同一阵风吹得帷幕鼓了起来。笑声在大殿中回荡，像一群找不到出口的蝙蝠。这笑声是一个女人发出的，如一串铃铛散乱开，在地上滚动。有的滚到我脚边，跳过脚面继续往前滚，直至滚到某个看不到的角落；有的弹跳着，越弹越高，碰到屋顶还不肯罢休；有的在原地旋转，越转越快，令人眩晕……所有使者都目瞪口呆。谁这么大胆，这么无礼，这么放肆。瞧，齐国国君无野，这个大国的统治者，庄严地坐在宝座上，对帷幕后的笑声充耳不闻，毫不表态。没有制止，没有发怒，没有呵斥。他一本正经，至少看上去一本正经。你能感觉到一团气体在他体内膨胀，左冲右突，寻找出口，他竭尽全力压制这团气体，不使它出来。气体越来越多，胀得他难受，坐卧不安，他快要爆炸了。他终于绷不住，爆发出一阵山呼海啸般的笑声。他笑得从宝座上翻滚下来，捂住肚子，眼泪飞溅。宫廷里负责传递文书的宦官也笑了起来。这场面，好家伙，难得一见。一边是目瞪口呆的使者，一边是狂笑不止的主人。笑声像瘟疫，是会传染的。宫殿中笑的人越来越多。郤克怒目圆睁，目眦尽裂。如果手中有剑，他会杀人的，我敢肯定。我从未见过这局面。作为宫廷里的侏儒，我也算是见过世面之人，可这种情况还是第一次见到。毫无疑问，郤克也是第一次见到。其他几个使者也是第一次遇到。我们是引发笑声的人。我们是人们笑的对象。他们在笑我们，笑我们的残疾，笑我们残疾的集合，笑他们找来的具有同样残疾的人与我们的"相映成趣"。真是别出心裁啊，真是肯花功夫啊，真他娘的无耻。

此时，我忽然理解了郐克的话，小丑做了使者就是使者，而不再是小丑。小丑唯恐不能引人发笑，而使者则不能容忍这等笑声。此时此地，我感受到的是戏侮，一个使者所受到的戏侮，而不是一个小丑所受到的奖赏。如何对待这滚滚而来的笑声？撇开我使者的身份不论，如果我是一个旁观者，我不得不佩服齐君的想象力和喜剧导演才能。你看，他导演的这出喜剧，效果多么明显。我师父和我，不谦虚地说，都算是有喜剧天赋的人，我们的演出总是引发阵阵笑声，可从未达到这般爆笑效果。作为小丑，我欣赏齐君；作为使者，我应该反击。怎样对付这滚滚而来的笑声呢？最好的办法，莫过于以其人之道还治其人之身。模仿，谁不会呢。你能找人模仿我们，我就不能模仿你吗？那几个模仿的是我们的残疾和举止，我则要模仿你的动作和神态。此刻，我不做使者，让我做回小丑吧。说干就干。我开始模仿齐君。我突然捂住肚子，像憋了很久似的，猛然爆发出一阵疯狂的笑声。我的笑声单枪匹马，从所有的笑声中突围出来，一骑绝尘。所有人都注意到了我的笑声，目光全聚集过来。我成了焦点。我身旁的侏儒有些手足无措，他试图模仿我，但他不具备我这般的爆发力。他滚到地上大笑，肢体僵硬，笑声空洞，很是滑稽。我惟妙惟肖地模仿齐君从座位上翻滚下来的动作。没有人意识到我是在模仿齐君，他们以为我疯了。我身旁的侏儒，这个笨蛋，他竟敢模仿我，不要脑袋了。我刚才模仿了齐君笑的声和态，现在模仿齐君笑的调和神。齐君的笑有三点与众不同：一是肆无忌惮，如身在旷野，周围平展开阔，野马奔驰，来去自由。二是前宽后窄，如同牛角，越来越尖。三是绝处逢生，枯木抽芽，明明声音尖尖的尾巴已消失于空中，却突然又从那尾巴消失的地方拔出一个新的更尖细的声音，往更高更远的地方飞去。我的笑声恍如齐君笑声的回音。到这时，即使傻瓜也能看出我在模仿齐君。我眼观六路，耳听八方。最早发现我模仿齐君的正是齐君本人。他的脸早拉下来了，面庞上一团杀气。当我模仿到他此刻的神态时，大殿上鸦雀无声。刚才所有的笑声宛如受惊之鸟飞得无影无踪，连片羽毛也没留下。模仿我的笨蛋吓得脸色苍白，坐在地上不会起来。这是我的时间，且看我来表演。齐君拉脸，我也拉脸；齐君瞪眼，我也瞪眼；齐君扭动身子，我也扭动身子；齐君抬手，我也抬手；齐君打喷嚏，我也打喷嚏；齐君起身，我也起身……

　　亲爱的兄弟，如今早已事过境迁，可我讲起在齐国的经历时，仍然很激动。对一个侏儒来说，被人嘲笑是家常便饭，司空见惯，我已习以为常。但在齐国我却无法容忍，因为郤克说我是使者，不是小丑，不是侏儒。我也不知哪儿来的勇气，冒着杀头的危险，公然和齐君作对。如果我被砍头或者烹了——这是很可能的事——我将作为使者而死，而不是作为小丑侏儒而死。史官将如此记录：某年某月某日，齐杀晋使者。你瞧，在内心深处，我是如此介意我的小丑侏儒身份。每个人都有他特别介意的东西。所以，郤克介意他的瘸腿是完全可以理解的。毕竟，除了国君和执政者，在晋国就数他地位最高了。郤克不能容忍别人说他是瘸子，更不能容忍别人嘲笑他这一残疾，至于戏侮，那将是不可饶恕的。我模仿齐君，还有一层更深的用意，那就是化解郤克的愤怒。没有人知道郤克的愤怒会引出怎样的严重后果。晋齐皆大国，两国结怨，进而交兵，死人无数，血流成河……这景象，想想都够恐怖的。我戏仿齐君，是让他尝尝被戏侮的滋味。他的恶作剧，姑且视为恶作剧吧，已经伤害到了我们。他若幡然醒悟，不以我为忤，向我们道歉：寡人知错了，然后斥退那几个模仿者，再引出帷幕后发出笑声的人向我们道歉，也许这场外交风波就到此为止了。各国使者皆是来通好的，就此缔结友好条约，从今以后大家和平共处，互不侵犯，人民安居乐业，岂不很好。

亲爱的兄弟，我豁出命来想化解齐国的危机，可是齐君并不理解我的良苦用心，他缺少抓住机会的敏锐和智慧，缺少对人性的了解，更缺少纠错的勇气。我的愿望落空了。我将自己置于一个可怕的境地。齐君发怒了，他大喝一声：来人，将这个侏儒拉出去烹。烹比砍头具有更强的惩罚性，也更具仪式感。熊熊燃烧的火焰，沸腾的大鼎，拉长的时间，这些，就是我为自己赢得的命运。我不自量力。我活该。卑贱之人，怀抱崇高的理想，只会遭人嘲笑。我自己也要嘲笑自己。我哈哈大笑。烹了好，烹了好，侏儒戏弄国君，当烹，当烹。两名武士进来抓住我的胳膊，要将我押出大殿。因为我个子太矮，他们不得不弯下腰，看上去像是在听吩咐。我说，我自己能走。他们尽管姿势别扭，但职责所在，不敢松开手。慢！郤克挺身而出，史官何在，请记下：某年某月某日，齐君无道，杀晋使者。齐君龙颜大怒，无礼，一个侏儒公然在朝堂之上戏弄一国之君，还不当烹吗！我扭回头，大人，不用为我求情，我是使者，我记住了你的话，侏儒做了使者就是使者，我今天作为使者而死，死而无憾。师父教导我，命只有一条，无论什么时候都不要逞能，都要想办法活着，那些杀身成仁、舍生取义的事让贵族去做吧，荣誉属于贵族，轮不到我们这些低贱的人。但师父又说，死，对每个人来说也只有一次，如果非死不可，尽量死得像个男人，否则后悔都来不及。今天，横竖是死，我不希望自己软弱，再说了，软弱除了让人丢人现眼，能起什么作用呢？没有人会可怜一个侏儒，更没有人愿意赦免一个侏儒。我的表现完全配得上使者的身份。郤克说，去吧，我不会让你白死的。这句话包含了太多的东西，仇恨、决心、承诺、安慰、认可等，有这句话足矣。我可以去死了。

一口大鼎支在广场上，鼎里注满水，火已经生起来了。鼎足够大，烹一个正常的成年人绰绰有余。他们没有因为我是侏儒而换一个小一点的鼎，由此看齐国人做事还算大气。不过，要把这么大一鼎水烧开，可得一会儿。等着吧。等着的滋味很不好受。豪言壮语已经说过了，再说就是重复。我擅长插科打诨，不擅长慷慨激昂。我想说，别心疼柴，水要烧热，别把我煮得半生不熟，但终没说出口。不知哪儿来的本领，我的灵魂游离出身体，站在旁边，成为一个旁观者。这种感觉怪怪的，你明白这鼎水是为你准备的，而你却麻木不仁，仿佛事不关己。在其他人看来，你是视死如归。但你清楚，你只是麻木，麻木而已。你既不想做英雄，也不想做狗熊，你只是想做一个普通的男人，一个不被死吓尿的男人。尽管鼎比较厚，将鼎中水烧沸不大容易，但火势凶猛，这个过程也不会太久。不过，给人的感觉却很漫长，漫长得像一辈子，比一辈子还长。鼎下烧的是松木，松节往外吱吱冒油，空气中飘荡着松脂的香味。大殿内也不平静，不堪受辱的晋、鲁、曹、卫使者拂袖而去。没什么好谈的，国事活动岂能儿戏？使者代表国家，侮辱使者就是侮辱他的国家，是可忍，孰不可忍？他们经过广场时也没有停下脚步。郤克腿脚不便，落在最后。广场上早就聚集了许多民众，他们等着看国君如何烹一个侏儒。四个使者联袂而出，瘸子、独眼、秃子、罗锅，看上去很滑稽，但齐国的老百姓还是有教养的，他们没笑。我是说，没有发出刺耳的大笑，只是会心般地微笑，这微笑是温和的、善意的，没有任何戏谑成分。郤克没有什么要向我说的，我也没有什么要向他交代的，我们互相看一眼，所有的语言都在眼神中。各自接受各自的命运吧。

亲爱的兄弟，我要给你讲的是喜剧、闹剧、恶作剧、荒诞剧，但现在看来无疑是悲剧。说悲剧，并不是针对我个人的命运而言，而是对整个事情及其后果来说的。单说我个人，算不上悲剧，不但算不上悲剧，反而还更像正剧。想想看，侏儒、使者、荣誉、勇气、赴死……难道不像正剧吗？还有你能猜到的结局。我并没有死，而是不辱使命，凯旋，多么正剧啊。但说到整个故事，帷幕后的笑声，大殿上的笑声，并不是喜剧中的笑声，更像是魔鬼在黑暗中发出的狞笑。它是嗜血的。

兄弟，我给你说说整个事情的缘起吧。前边说过，昨天我们被安排在馆舍，郤克大人对齐国负责接待的官员的表现很不满，说，齐人无礼，貌恭心非。同一天，他们接待了四个国家的使者，而四国使者的身体各有缺陷，难怪他们心中窃笑。他们汇报给齐君，齐君当成趣事说给他母亲，激起他母亲强烈的好奇心，非要亲眼看一看不可。女人不便抛头露面，齐君就拉一道红色帷幕，让他母亲躲幕后偷看。齐君为博他母亲一乐，让大臣们连夜找来几个对偶者，于是就有了今天朝堂上的滑稽一幕：瘸子对瘸子，侏儒对侏儒，秃子对秃子，独眼对独眼，罗锅对罗锅。齐君这一招果然奏效，他母亲开心得不得了，一阵一阵地笑，起初还捂着嘴巴，后来捂不住，就索性不捂，大笑起来。我们听到的像一串散乱的铃铛在地上滚动的笑声，就是她发出的。她的笑声你一辈子也忘不掉。

这个女人叫萧同叔子。褒姒一笑失天下，萧同叔子一笑——大臣们意识到，后果将会很严重，齐国的灾难之门打开了。各国使者拂袖而去后，大臣们纷纷进谏，萧同叔子从幕后出来，将责任揽到自己身上。她说，是我要图个乐，不关国君的事，有什么大不了的，把那个侏儒放了不就完了。你看，我的命运是在这儿决定的。

大鼎里的水已经烧开，咕嘟咕嘟翻滚，热气蒸腾。一名大力士老鹰抓小鸡似的将我拎起来，要投进沸腾的鼎里。我在半空中，想，这样死够男人吗？我要不要喊一嗓子，留下一句牛叉的话？还没想清楚，就见一个人飞奔过来，喊，慢！有旨赦免。就这样，我逃过一死。广场上的人群，有的失望，有的欢呼，一个头发灰白的老太太上来抱住我，就像我是她儿子似的。她眼中闪着泪花，嘴里连说好好好。我的心本是麻木的，这时突然一热，剧烈跳动起来。

萧同叔子把事情想得简单了，放了我并没能改变什么。悲剧依然是悲剧，对她，对齐君，对齐国，都是。我是晋国臣民，我应该站在晋国这一边，快意恩仇。可想到广场上抱住我的那个头发灰白的老太太，我就想哭。她莫非是我的母亲或姥姥？她身上有一种温暖气息，让我想起灶膛中的灰烬。我忘不掉她。我不关心萧同叔子的命运，不关心齐君的命运，也不关心齐国的命运，我只关心她的命运。战争是否毁了她的家园，她的孩子是否饮血沙场，她是否长歌当哭？写到这里，我该给你说说那场风波之后的事了。

前边说到郤克与鲁、曹、卫使者不堪受辱，拂袖而去，穿过广场……现在接着往下说。郤克与鲁、曹、卫使者临别时，相约报复齐国。此仇不报，枉为男人。郤克归国，过黄河时，又指着黄河发了毒誓。我归国后，去向郤克复命，郤克说，可惜呀。我问可惜什么，郤克说，可惜你没死。他毫不掩饰他的失望之情。他希望我死，齐杀晋使者，这样，他就更有理由报复齐国了。郤克只在乎他的面子，他才不在乎一个侏儒的死活。千百万人的死活他也不在乎。他发动了对齐国的战争。鲁、曹、卫也加入进来，与晋军一起攻入齐国。齐君亲自挂帅御敌。战前，豪言壮语，灭此朝食。然而，战争的结果大大出乎他的意料。他低估了几个被侮辱者表现出来的复仇意识和决心。晋、鲁、曹、卫挂帅的正是在齐国遭到讥笑的郤克、季孙行父、孙良夫、公子首。他们的仇恨像狂风一样摧枯拉朽。郤克的腿被箭射中，流出来的血将战靴灌满，他仍然击鼓助阵，勇往直前。箭射中的是那条残腿，他后来瘸得更厉害了，但他也更自豪了，那条残腿像面胜利的旗帜，令他骄傲。此战，齐军一败涂地，齐君几乎做了晋国的俘虏。其实，他已经做了晋国的俘虏。为什么这样说呢？听我详细道来。

齐军兵败如山倒，齐君作为主帅，看大势已去，叹息一声，撤，慌不择路，战车被树木挂住，无法前进。晋军大将韩厥追上来，将其俘虏。在韩厥追上来之前，齐君与护卫他的逢丑父互换了位置，逢丑父居于车中。这样逢丑父在主帅的位置上，齐君在护卫的位置上。韩厥没见过齐君，因逢丑父居中，就将逢丑父误当成齐君。逢丑父很会演戏，马上进入角色，神态口气俨然一国之君。这时他们已被晋军团团围住，插翅难逃。逢丑父将水瓢递给齐君，说，寡人口渴了，华泉离此不远，去给寡人打点水来。韩厥认定逢丑父就是齐君，抓住了多大一条鱼啊，心中大喜，但不形于色，要优待俘虏，更何况这个俘虏是大国的君主，更应待之以礼。韩厥颇有大将风度，手一挥，让士兵闪开一条道，放齐君——他以为是齐军卫士——去打水。他甚至没派一名士兵跟着。齐君拿着瓢，从杀气腾腾的晋军阵中出来。不知他此时是何种心情，惊悸、侥幸，抑或苍凉？或者五味杂陈，难以说清？逢丑父替了他，又生此取水之计，他才得以脱身。自然是一去不返，杳如黄鹤了。所以我说，他几乎做了晋军的俘虏，其实已经做了晋军的俘虏。你看，这说法不矛盾吧。再说说郤克吧，他听说活捉了齐君无野，心花怒放，好小子，让你笑话我，现在还能笑出来吗？他不顾腿伤，命韩厥献俘，他要亲自羞辱齐君。郤克认识齐君，看到逢丑父，他傻眼了。这是齐君吗？韩厥诧异。难道不是吗？他居于车中，自称寡人，会不是吗？郤克问明情况后说，去取水的那个才是齐君。逢丑父估计齐君已经安全，便不再扮齐君，他说，正是，取水的是齐君，我是逢丑父。郤克要杀逢丑父。逢丑父说，从来没有人代替君王赴难，现在这里有一个，却要被杀了吗？郤克说，忠臣义士，杀之不祥，于是放了逢丑父。郤克继续进军，兵临城下。

齐君忧心忡忡，彷徨无计。大殿内再也没有笑声了。不知他想起引发这场战争的笑声，是何心情，因为嘲笑几个残疾人，落得这样一个下场，国将不国。曾几何时，母亲的笑声像一串串散落的铃铛在大殿内弹跳滚动，他的笑声山呼海啸一般，气势惊人。他甚至笑得从宝座上翻滚下来。如今，大殿还是那个大殿，他还是他，笑声却没了，代之的是忧愁和叹息，还有悔恨。这一切都不难想象。打，打不过；和，和不了。你让他怎么办？他已经派出使者，许诺割地赔款，郤克仍不肯罢兵，一定要齐国将萧同叔子送来做人质，以报复帷幕后的笑声。你看，萧同叔子一笑，后果很严重吧？毕竟萧同叔子是齐君的母亲，齐君若将他母亲送到敌国去做人质，他的脸面往哪儿放？晋国大臣也劝郤克，既已雪耻，不要太过分，哪儿有要国君母亲做人质的。如此，萧同叔子才没有沦为人质。

亲爱的兄弟，到这里故事讲完了。平时我喜欢和你啰唆，只有啰唆时我才觉得自己不孤单，才可以说说心里话，但今天我什么也不想说了，越说我心里越沉重。我努力过，冒险过，可是什么也没改变。我见不得流血。我晕血。我没上过战场。但我梦到晋齐交战，两军大砍大杀，鲜血四溅，日月无光，血由小溪汇成河流，由河流汇成洪水，一片汪洋，生灵尽被淹没……莽莽苍苍中，我听到一个老太太的声音，儿啊，儿啊……妈妈，我大叫一声，从梦中惊醒，浑身冰冷，大汗淋漓。熟悉的声音仍在耳畔回响。暗夜沉沉，阒寂无声。有风吹过，落叶飘零。已是深秋了，冬天将至。兄弟，天冷记得加衣，我就此打住，打住了。

第六章

马戏团

　　通过这段时间的观察和了解，他们几个的禀性我摸得一清二楚。不管他们表面上看差异有多大，他们都有一颗不安分的心，无法忍受平庸的生活。他们喜欢刺激，喜欢挑战。

亲爱的兄弟，亲爱的兄弟，亲爱的兄弟……我这么写，你不要觉得我在给三个兄弟写信，你很清楚，我只有你这么一个双胞胎兄弟，你是我唯一的亲人，不可能再有别的亲人。我这么写，是情不自禁，我还没来得及多想，手中笔就自动写下三个"亲爱的兄弟"，既然写下，就留着吧。

　　兄弟，我给你写信是想给你讲一个故事，告诉你一个秘密。故事是我亲身经历的，因关系到秘密，无法讲给别人听，但讲给你听没问题，我知道你会保密。一般来讲，秘密都倾向于为人所知，就像一个人被关在黑屋子里，他渴望见天日是再自然不过的事情。

　　讲故事之前，请允许我絮叨几句。我，一个侏儒，宫廷小丑，插科打诨者，滑稽演绎者，我的职责是逗人发笑，提供娱乐。师父生前曾教导我，要时时刻刻牢记自己的身份。这方面师父为我树立了一个很好的榜样。师父是名副其实的喜剧大师，他只要一张嘴，马上就能逗得人捧腹大笑。他不开口，也照样能制造笑声。他身上每个部件都能逗人发笑，他的五官变化多端，能无声地表演戏剧；他的手指灵活得像一群小动物，让人眼花缭乱；他的胳膊和上身都是戏，耸耸肩，甩甩手，笑声不断；两条腿是用来走路的，他也能走得一路笑声。当然，这些我也擅长，甚至有人说我青出于蓝而胜于蓝。但我清楚我无法和师父相比。第一，师父逗人发笑的功夫臻于化境，成为本能，而我时时有意为之。第二，师父即使一动不动，也能逗人发笑，这一点我做不到。我为什么又提到师父？因为我的人生教益都来自师父。每每遇到事情，我头脑中都会浮现师父的身影，这时我就想，如果师父遇到这样的事，他会怎么处理。如此一想，我便知道该怎么做了。

师父不仅传授我知识和技艺，还重点培养我的观察能力。他反复强调，不只是要用眼观察，还要用脑观察，用心观察，用命观察。他说眼睛能看到事物的正面，头脑能看到事物的背面，心能看到事物的内部，而命能看到事物的本质。得益于师父所培养的观察能力，我多次逢凶化吉，履险如夷。兄弟，我今天要给你讲的故事正与观察有关。

三月初一，国君斋戒、沐浴、筑坛，拜荀首为帅。拜荀首为帅是众望所归。九年前我国（晋国）与楚国打了一场大仗，史官称之为邲之战。这一仗我们败了，而且败得很惨。军队土崩瓦解，将士争先逃命，局势不可收拾。危难之际，荀首挺身而出，射杀楚军先锋连尹襄老，俘虏了楚庄王的弟弟——公子谷臣。他奋力拼杀，力拒楚军，掩护大军撤退，挽救了无数将士的生命。假如没有荀首，晋国不但颜面全无，而且这支大军也完了。你说，拜这样一个人为帅，还不是众望所归吗？

接下来，该我登场了。隆重的拜帅仪式之后，照例进入轻松愉快的环节。这个环节，我是主角。我为大家表演了两个节目：一个《怕老婆》，一个《吝啬鬼》。表演第一个节目时，大家笑得捂住肚子，国君笑得眼泪都出来了，一边用手指着我，一边却不敢看我，背过脸去。君夫人笑得岔气了，两个宫女为她抚背，帮她理顺气息。表演第二个节目时，笑声形成气浪，快将屋顶掀翻，国君笑得从宝座上跌下来，坐到地上。君夫人笑得像公鸡打鸣似的，伸长脖子，发出尖细如针的声音。这是我的得意时刻，我对自己的表演很满意。美中不足的是，有一个人始终没笑。在笑得前仰后合的人群中，他显得很特别。这个人就是荀首，今天刚拜帅的荀首。

荀首没笑。

这是我用眼睛观察到的现象。表演节目时，尽管我十分投入，完全与角色融为一体，但我并没放弃观察，场上所有人的表情尽收眼底。他们在哪个点笑，笑时的动作、表情，笑声之大小、长短等，都被我贮存在记忆里，私下里加以琢磨，对表演进行改进，从而进一步提高表演水平。表演结束后，荀首没笑这件事让我耿耿于怀。

用脑观察，我发现荀首九年来从没笑过。也就是说，邲之战后，他就再没笑过，不管是在宫廷里，还是在家里。

用心观察，荀首没笑，不是我节目表演得不好，而是他在为儿子忧愁。前面我说过，九年前那场战争，荀首是大英雄，他射死了楚军先锋官连尹襄老，俘虏了公子谷臣，不幸的是，他儿子知䓨也被楚军所俘虏。

之后，荀首就再没笑过。他儿子在楚国当俘虏，他笑不出来，可以理解。我表演节目，他不笑，也可以理解。知䓨是他的长子，不但聪明，而且德行极好，他百年之后，还指着知䓨继承爵位，光大门庭呢，可是，知䓨在楚国做俘虏。按说，他不笑这件事我完全不必放在心上，毕竟与我无关，我何必在乎呢。

但是，很奇怪，荀首严肃的表情占据了我的头脑，挥之不去。我表演的时候，头脑中浮现荀首严肃的面孔；不表演时，头脑中也浮现荀首严肃的面孔。醒着时，头脑里是荀首；睡梦中，头脑里还是荀首。你说他讨厌不讨厌？我不认为是荀首在作怪，我认为是师父的教导在作怪。师父曾对我说，你记住，你表演节目，只要有一个人不笑，就是失败的。现在问题来了：有一个人不笑，我该怎么办？

这个问题让我很纠结，很烦恼，茶饭不思，寝食难安。你看，你钻进了牛角尖，出不来。我在和自己过不去。假如师父活着，他会怎么做？他会找各种理由为自己开脱，说，这不关我事，他不笑就不笑，管他干吗，让他去好了，师父会这样吗？

师父曾对我说，遇到问题要冷静，要动脑子，更要倾听内心的声音。心会指引你往前走。

兄弟，如何冷静地动脑子，如何耐心地倾听内心的声音是一个非常复杂的过程。如同你面前有很多条道路，你在想象中将每一条道都走一走，看看是否走得通，看看通往哪里，看看有无危险。也就是说，你要想到事情的各种可能性，以及可能出现的各种意外，还要想到，一旦你从未设想过的意外出现时如何应付。师父说要用命观察，要能注意到可能危及生命的任何潜在因素，预作防备。师父的教诲我一刻也没忘记。我设想各种可能出现的情况时，特别考虑了细节问题。细节关乎成败，细节关乎生死，来不得丝毫马虎。如果把这一切都写下来，这封信就会非常非常长，长到你根本没有耐心将它读完。所以我决定跳过这部分，直接讲下面的故事。

演出后的第二天，我来到荀府。我要见荀首大人，我对门房说。一个侏儒造访，在荀府从未有过，门房很好奇，问，你有什么事？我说，荀首大人欠我一个笑，我来讨要。门房诧异地看着我，什么？你再说一遍。我又说了一遍。他一脸茫然。听不懂吗？他说，听不懂。听不懂没关系，你只管通报即可。门房不想为我通报，他说，听不懂，怎么通报。再不通报，我就喊叫了。这时门口已经围了不少看热闹起哄的人。我大喊大叫。门房是个老头儿，虽然见多识广，也不免尴尬。通报吧，非他所愿；不通报吧，人越聚越多。人们议论纷纷，都觉稀奇。见过讨饭的、讨钱的、讨债的，没见过讨笑的。门房要赶我走，再不走，小心挨揍。

街坊邻居，大家评评理，荀大人高升，可喜可贺，但欠我一个笑，就可以不还吗？

我这一嚷，一群人起哄，还，还！

这正是我要的效果。荀大人门口成了我的舞台，我一举手一投足都刻意表演，引来阵阵笑声。我是个人来疯，人越多，笑声越响亮，我越兴奋，越劲头十足。我这一耍不要紧，一会儿工夫，荀府门口变成了闹市，人山人海。你别说，这一招还真灵，将荀首请了出来。我正在兴头上，人们脸上的笑容突然凝固了。我扭回头，荀大人正站在我身后门槛内。他冷若冰霜，满脸肃杀之气，怪不得人们不敢再笑。他看着我，目光像两根柱子压到我身上。我本来就矮，被这两道目光一压，又矮了半截儿。进来，他说。

他转身进院子，绕过影壁，身影被影壁挡住，看不见了。我朝门房做个鬼脸，怎么样，你还拦吗？门房狠狠瞪我一眼，退到一边。我稳定一下情绪，向观众抱抱拳，感谢他们捧场。我抻抻衣服，掸掸灰尘，拿出大臣上朝时的庄重派头进荀府。我刚一转身，就被门槛绊了一跤，引起一阵大笑。如果师父这样，毫无疑问，是他炉火纯青的表演。我，可不是有意表演，而是对门槛的高度估计不足。

我爬起来，掸掸灰尘，抻抻衣服，稳定一下情绪，拿出庄重的派头，从容迈步，走进荀府。绕过影壁，是一个开阔的院子。院子对面是正堂。荀首大人站在院子中央，显然是等我。我走过去。

说吧，你想干什么？他说。

干吗不请我进屋？

荀首大人用诧异的眼神打量我一番，朝堂屋走去。我跟着。他走得快，我跟不上。我没有加快步子。我们拉开一段距离。我不着急。我不能按照他的节拍行走，必须让他按我的节拍行走。果然，他发现我没跟上，慢下了脚步，等着我。这就对了。

进屋后，他对我客气了很多。说吧，有何见教？他说。语带讽刺。

我渴了。我说。不等他相让，也不管他让与不让，我自己去坐到客人的位置上，等着他吩咐人给我倒水，或者发作。

他没见过如此无礼的侏儒，但他强压怒火，吩咐人为我倒水。

他踱来踱去，大概在想怎么处置我吧。他是新晋的元帅，我是宫廷小丑，我与他分庭抗礼，他肯定觉得自己受到了侮辱。杀了我，君主会不高兴，他显然不能这样做。打狗还得看主人，他懂这个道理。什么也不做，他心中不忿。那么，该怎么打发这个侏儒呢？这是一个问题。

在接下来的一个时辰里，这个开放性的问题悄然演变，最后变成一道简单的选择题，二选一，非此即彼，一点儿也不困难。给我一个笑，或者，给我二十斤黄金。

这道题做起来不难，而是太过容易了。它，严格地说，算不上一道选择题。你想想看，荀首九年没笑，他会给我一个笑吗？既然不能给我一个笑，那就给我二十斤黄金吧，如此简单。

亲爱的兄弟，你一定觉得这样的结果太过戏剧性，难以置信。这不怪你。搁谁，谁也不信。我省略得太多了，尤其是省略了问题的演变过程，结果难免显得突兀，不真实。我不想再现我与荀首大人的交锋，不是我记性不好，也不是我不擅长讲述，而是我感到有自夸之嫌，这让我羞愧。我只简单地给你说说事物之间的逻辑吧。我向荀首讨要一个笑，荀首给不了我。为什么荀首给不了我一个笑？因为他儿子在楚国做俘虏，他牵挂儿子，笑不出来。这就是问题的症结所在。反过来想，如果将他儿子救回，他消除心中的忧愁，笑一个又有何难。我告诉他，为了能讨到一个笑，我决定将他儿子知罃救回来。我和盘托出我的计划，并报出酬金数目：二十斤黄金。我让他选择，是给我一个笑，还是给我二十斤黄金，让我救出他儿子。结果是这样：我离开荀府时背走了二十斤黄金。

　　有了钱，不到三天工夫，我就组建了马戏团。我自任团长，成员包括飞刀表演者、魔术师、绳技表演者、耍猴人、大力士。他们个个身怀绝技。随后我会让你见识到他们的高超技艺。这里单说说大力士吧，因为在这个团队中，我们两个只要站到一起，人们就会笑破肚子。大力士是个巨人，高得像烟囱。我举起手，勉强能够到他膝盖。他的鞋像小船。他一顿能吃下二十个人的饭食。我招募他时，他只提出一个条件，让他吃饱饭就行。他的力量有多大，不好说，他说他自己也不清楚，他在我面前露过一手，饿着肚子将一头几百斤重的黄牛抛到空中，又双手接住。黄牛毫毛未损，他也气定神闲。

　　我没告诉他们我要干什么，只说去闯天下，巡回演出，玩，挣钱。他们厌倦了单打独斗，乐得几个人一起玩，何况还有钱赚。我给他们描绘了美丽诱人的前景，许诺了不菲的报酬，他们何乐而不为？

　　我们第一站是郑国的首都新郑。演出前，我站到大力士的肩膀上，他带着我到通衢大街走一圈。这一圈下来，大半个城市的人都跟着我们来到广场。从我站的位置——大力士的肩膀上——

看下去，黑压压的，很是壮观。人吸引来了，节目不能含糊。我先表演一个《傻子入洞房》，观众笑得前仰后合，东倒西歪。热场的目的达到了。接下来，耍猴人上场。一通锣鼓，猴子腾挪跳跃，挤眉弄眼，耍猴人命其往东，它偏往西；命其作揖，它偏龇牙，总是和耍猴人对着干。耍猴人想捉弄猴子，结果总被猴子捉弄。观众都站在猴子一边，笑得很开心。接着魔术师为大家表演乾坤大挪移，众目睽睽之下，他将王宫变没了，观众目瞪口呆。最后，在新郑人民的强烈要求下，他又将王宫变了回来。第四个上场的是绳技表演者，他在两根华表上拉一根绳子，他在绳子上表演金鸡独立、仙人指路、大鹏展翅等动作，引得观众阵阵尖叫，然后连续翻十三个跟斗，将观众情绪推向高潮。飞刀表演者第五个上场，他在广场上竖一块木板，从十步远的地方用几十把飞刀扎出一个人的形状，他张开胳膊走过去，正好将自己嵌进飞刀中。他要求上来一个观众配合，像他那样张开双臂站到木板前，他掷飞刀。没有一个观众有胆量站出来。我问观众，相信他的技术吗？观众说，相信。那为什么没人敢上来？鸦雀无声。好吧，我来，我说，可不是侏儒不怕死，而是侏儒个子小，飞刀不容易扎上。观众都笑了。我站到木板前，叉开腿，张开双臂，来，扎吧。一阵骤雨般的声音过后，木板上全是刀，而我毫发无损。我走出来，木板上留下的空白像一个小小的"大"字。最后一个上场的是大力士。他让观众往他身上爬，无论多少都行，看看是否能破纪录。

他说他的纪录是二十七人。与刚才没人敢上台不同，这次观众踊跃参与，一下子上来几十人，都是毛头小伙子。他们要挑战大力士的纪录。这个活动的关键之处，不在于大力士能承受多少重量，而在于有多少人能爬上去。小伙子们想尽各种办法，但每次尝试都以失败告终，最多一次，有十七个人爬到他身上，并坚持数了三个数。之后，再没突破。尽管如此，这个节目还是带给观众无尽的快乐。

郑国只是个过渡。虽然郑人热情很高，虽然每次演出能收入一大筐钱，虽然几个伙计都想在此逗留，我还是成功地说服他们南下。郢城，那才是我们的目的地。

在郑国，我们待了三天。除了演出，我另外还做了两件事。一是弄了一份官方文件，将我们的马戏团变成郑国马戏团，毕竟晋国与楚国是敌对国家，晋国马戏团不容易进入楚国。二是结识了商人弦高。弦高年轻时贩牛，遇到秦国军队偷袭郑国，他冒充使臣，去见秦军统帅，献上十二头牛，说是郑国国君派他来犒军的。秦军统帅一看郑国都来犒军了，肯定早有防备，还怎么偷袭，于是撤军。弦高拯救了郑国。如今，弦高老了，将生意交给儿子打理，自己安享晚年。在我的劝说下，他决定亲自出马，再做一单生意。

我们和弦高结伴而行。他去楚国贩卖粮食，我们去演出。弦高装了三大车豆子、三大车麦子，他说他至少能赚一车麻回来。这是说给别人听的。如果仅仅这点利，他是不会走这一趟的。

郓城比我们想象得还要繁华，集市上密密麻麻全是人，摩肩接踵，挤挤搡搡。在这里我们尽量低调，以免发生践踏事故。即便如此，演出还是轰动了郓城。人一天比一天多，第三天差点儿将台子挤塌。

晚上，我将几个伙计召集起来，准备和盘托出此行的计划。说出计划之前，我要先试探一下他们。我问他们对郓城之行满意吗，他们说满意。想不想挣大钱？他们说，想，挣大钱谁不想！敢冒险吗？他们说，我们哪天不冒险，怕什么。

通过这段时间的观察和了解，他们几个的禀性我摸得一清二楚。不管他们表面上看差异有多大，他们都有一颗不安分的心，无法忍受平庸的生活。他们喜欢刺激，喜欢挑战。我相信他们愿意跟着我干，将知窨救出来。再说了，他们哪一个能抵挡住黄金的诱惑？

我正准备将黄金拿出来，突然响起了拍门声。门外传来客栈老板的声音，恭喜啦——

打开门，外边的阵势吓了我一跳。两溜红灯笼从门口一直延伸出去。老板已让到一边，一个宫里的公公站在正中，尖着嗓子说，你们谁是头儿啊？

我是。

你们的运气来了，明天进宫演出，要好好表现，拿出点儿绝活。

我答应下来。公公和红灯笼逶迤而去。

几个家伙兴奋得手舞足蹈，我却一点儿也高兴不起来。一进宫演出，我们将名满楚国，万众瞩目，这对我营救知訾很不利。他们发现我郁郁寡欢，颇感奇怪，围过来，问，怎么啦？

我将黄金拿出来，放到案子上，说，就看你们了。

第二天进宫演出，都按我事先交代的留了一手，谁也没使出绝活。尽管如此，仍赢得了满堂彩。对宫中的人来说，每个节目都是新鲜的，要么有趣，令人捧腹大笑；要么刺激，令人目瞪口呆；要么神奇，令人百思不解。楚王很满意，吩咐重赏。现在的楚王叫熊审，是楚庄王熊侣的儿子，登基才三年，今年只有十三岁。他看上去，怎么说呢，凭我的经验，不像一个好国王。昨天去客栈通知我们的公公对楚王耳语几句，楚王点点头，问我，还有什么绝活？

我说，魔术师最擅长脱逃术，没有监狱能关住他。

楚王来了兴致，说试试看。

公公说楚国最牢固的监狱是蓝堡，知訾就关在那里。

楚王说，那就蓝堡吧，将他关进蓝堡里，若能出来有赏；若出不来，就在里面待着吧。

魔术师被锁上手铐脚镣，关进了蓝堡。

公公将钥匙交给楚王。

用不着了，楚王将钥匙扔进湖里，说：他能出来，用不着钥匙；他出不来，也用不着钥匙。

这件事轰动了郢城。人们茶余饭后都在谈论此事。分成截然两派，一派相信魔术师能脱逃，一派不相信。前者多是看过我们演出的人，认为魔术师无所不能。后者多是对蓝堡有所了解，或听说过蓝堡的人，用他们的话说，蓝堡铜墙铁壁，别说是魔术师，就是神通广大的魔鬼，也插翅难逃。两派互不相让，争论激烈，竟然打起赌来，赌注越加越多，数字可观。最后到了这种程度，赢的一方必然成为富人，输的一方必然沦落为穷人。以三天为期，第四天午时决定输赢。

楚王派兵加强了蓝堡的守卫。

郢城所有人都陷入焦虑之中。开始，对赌的双方都坚信自己会赢，要不怎么会下注呢。可是，第一夜之后，发生了微妙的变化，也许是受对方情绪的影响吧，他们不像下注时那么坚定。第二夜之后，一个个眼睛通红，显然是彻夜不眠造成的，双方都饱受煎熬。第三夜之后，形势又发生了变化，一派精神亢奋，一派萎靡不振，随着时间的推移，似乎输赢已判。

上午，我们决定在蓝堡外搞一场告别演出，这几个家伙在屋里关了三天，早就技痒难耐，所以给他们个机会，让他们施展一下。

这是我们在郢城的最后一场演出，个个都拿出了绝活。我表演的是《醉鬼回家》，将一个醉鬼惟妙惟肖地呈现出来，有的观众觉得我演的是他邻居，有的觉得我演的是她丈夫，有的觉得我演的是他自己，笑声一浪高过一浪。第二个上场的是耍猴人，因为猴子不听话，他先做动作，诱导猴子模仿，最后演变成猴子在耍耍猴人，观众起哄叫好，为猴子助威。

第三个上场的是绳技表演者。这次他不在绳子上翻跟斗了，而是将绳子抛入空中，绳子仿佛挂在天上一般，他拽着绳子往上爬，爬到顶之后，他又向上抛一根绳子，再往上爬，一直爬到云彩里边，太不可思议了。

然后，耍刀人上场。一番令人眼花缭乱的表演之后，又到了招募志愿者环节，他要蒙眼掷飞刀，不出所料，没人上台。还是我来吧。兄弟，你如果瞪着眼看满天刀子朝自己飞来，不吓破胆才怪。我有一绝招，那就是以盲对盲，他蒙眼掷飞刀，那我就闭上眼站那儿，不看，也有恐惧，但一咬牙就过去了。一阵叮叮当当的声音。可怕的寂静。我睁开眼，周围全是刀。我，毫发无损。

最后一个上场的是大力士。时间已接近午时三刻，但对赌的两派似乎忘了打赌之事，他们被节目给迷住了。大力士今天不再展现他的力量，而是抖开一个大布袋，要捉风。本来没风，他鼓足劲，吹向人群，马上飞沙走石，尘埃蔽日。他拿着布袋东南西北一阵挥舞，将风装进了布袋。布袋鼓囊囊的，确定已经满了。他说，我给你们变个魔术吧。大力士要变魔术，这很新鲜，大家拭目以待。大力士将布袋放到地上，变，他撤去布袋，魔术师站在那儿。人们刚开始以为这只是个精彩的节目，但很快意识到：魔术师成功地从蓝堡逃了出来。主场上一半人愕然，一半人欢呼。即使只有一半人欢呼，声音也如海啸一般震耳欲聋。

兄弟，我的计划成功啦！

请不要误解，以为我说的成功是指魔术师的脱逃。不，我说的不是魔术师，而是知蓉。你一定被我弄糊涂了，这明明是魔术师，怎么会是知蓉呢？我来告诉你吧，他就是知蓉。单单魔术师脱逃，哪儿用得着我们如此大费周章地在此表演绝活，吸引人们的注意力？那样，就太小瞧魔术师了。不要说一个蓝堡，就是十个蓝堡也关不住魔术师。他是名副其实的脱逃王。魔术师除了擅长脱逃，他还有一个绝活——易容术。说到这里，你也许恍然大悟，原来魔术师与知蓉易了容。的确如此。我们借楚王之手将魔术师送进蓝堡，他在里面与知蓉易容，于是知蓉成了魔术师，魔术师成了知蓉。在我们表演节目时，魔术师帮助知蓉走出蓝堡。飞沙走石中，知蓉被装进布袋，魔术师则返回蓝堡充当知蓉。没有人看出破绽，所有人都以为站在舞台中央的就是魔术师。

赌博见出分晓，赌魔术师能脱逃的一方赢了。另一方，愿赌服输。

事情就是这么有讽刺性，真相是，午时三刻魔术师仍在蓝堡里，赌博的输赢应该颠倒过来才对。不过，谁输谁赢和我有什么关系呢，反正我又没有下注。由它去吧。我们要和弦高结伴回郑国。

弦高卖了豆子和麦子，置办了六车货物，按原定计划，继续与我们结伴而行。

我们没有进王宫去领赏赐。楚王说过魔术师脱逃，他会给予我们赏赐，可是我们几个人心里都清楚，脱逃的并不是魔术师，而是知罃，怎么好意思进宫去要求赏赐呢。那样，太过分，有违我做人的准则。

不日来到边关，天色向晚，关门已闭，我们在驿站住下。

夜里，我们与弦高做彻夜之饮，边饮酒，边等待魔术师归队。我们约好，这一晚在边关等他，第二天一同出关。文书上入关六人，出关还是六人。知罃则拜托弦高了。弦高已想好办法，他带知罃出关。

四更时分，魔术师归来。如我所说，蓝堡哪里关得住他。他离开蓝堡时，还恶作剧般地将两个守卫关了进去。按我们的推算，等其他守卫换班时发现"知罃"脱逃，追过来，就是第二天中午了，而那时我们早已出关，远走高飞了。

黎明时分，我们收拾停当，准备出关。魔术师恢复了本来面貌，与我们一起。知罃也恢复了本来面貌，被弦高藏在一个大箱子里。我们来到关前，等待开关。鸡叫三遍，马上就要开关了。只要一出关，知罃就自由了，而我们的使命差不多也完成了。就在这时，一阵急骤的马蹄声传来，接着一队铁骑旋风般出现在关前。为首的大叫：其他人放行，马戏团留下。

我们被带回郢城。

一路上我在想，哪儿出了纰漏。魔术师逃离蓝堡，被提前发现了吗？有这可能。可是魔术师在蓝堡给人看到的形象是知罃，即使被提前发现，他们应该追捕知罃才对，干吗要扣押马戏团？看来问题没出在这儿。其他，我想不出会是什么，完全一头雾水。师父生前教导我，不但要用眼观察，还要用脑观察，用心观察，用命观察。而我因为自信和骄傲，被成功冲昏了头脑，将师父的话忘到九霄云外，疏于对周围的观察，竟没能发现是什么导致我们被扣留。

我们被带进王宫。楚王正在为知罃逃走大发雷霆，下令处死两名看守。看到我们，他说，将这几个犯欺君之罪的家伙一块儿杀了。王宫中十几个大臣，没一个为我们求情的。在他们眼中，我们草芥不如。侍立一旁的公公木偶一般，面无表情。

祸不旋踵，顷刻间我们就会身首异处。我没想到疏于观察的后果如此严重，且来得如此之快。用命观察，用命观察，用命观察。如果不能刹那间找到求生之道，我就与你永别了，亲爱的兄弟。

生死攸关，头脑中万马奔腾。要冷静，我告诫自己。楚王说我们犯了欺君之罪，他指的是什么？莫非他知道了我们的调包计？不可能。魔术师逃到边关之前并没有恢复本来面目，他还是"知罄"，楚王只知道知罄逃走，不可能发现在此之前知罄已与魔术师调包。既然楚王没发现调包，他说的"欺君之罪"指的是什么？如果没有多年来对人性的洞察，以及对掌权者颟顸和愚蠢的了解，我是不会猜到如下原因的：楚王所说的欺君之罪指的是，我们在宫里表演没有使出绝活。我们在蓝堡外的表演过于精彩，传到宫里，他感到自己受到了侮辱，所以下令将我们抓回来处死。之前，我完全没想到这一层。现在倒是想明白了，可是，如何求生呢？

我突然爆发出一阵大笑，笑得高亢、放肆，笑声如决堤的洪水，一泻而下，雷霆万钧。人们都以为我被吓得神志失常了，奇怪地看着我，我的几个同伴很诧异，他们没想到我会这样。

只有十足怪异，才能引起注意，我需要时间来想求生之道。无论采取什么手段，只要能拖延时间就行。开始笑的时候，我并没有想好接下来该怎么办。大笑之中，我想出了第一步：验证猜测。

欺君，我们怎么欺君了？

楚王说，宫中演出敷衍寡人，即为欺君。

我又是一阵大笑，笑得眼泪都出来了。楚王黑着脸，如果不是怕弄脏宫廷地板，他这会儿就想砍下我的脑袋。这种暴君，求情，不会有任何效果。刺激他，当然更危险。可是我管不了那么多，我说，这算什么欺君，真正的欺君是，我们用调包计，救出了知罃。

调包计？知罃？

看楚王的表情，就知道他对我们和知罃的关系一无所知。他像一个被愚弄的傻瓜，一脸迷茫。

魔术师，给国王说说你是怎么干的。

这是我想出的第二步：讲故事。

这不等于招供吗？其实就是招供。这时候，马上要被砍头了，保守秘密还有什么意义。几个伙计明白自身处境。既然一线生机也没有，那就留下故事，成为传说吧。他们坦然面对命运。魔术师侃侃而谈，其他人偶有补充。

魔术师讲到易容部分，楚王半信半疑，要求他当众表演。楚王吩咐给魔术师松绑。顺便说一下，我们都是被绑着的。魔术师说不用，他身子一抖，绳子滑落地上。他早就自己给自己松绑了。他转过脸去，衣袖一挥，再转过脸时，已是知罃。诸位，别来无恙，他说。你看，他说话的腔调是知罃，神态是知罃，姿势是知罃，一个活脱脱的知罃！楚王和大臣们都听傻了，看傻了……

魔术师讲故事，我基本上没听，我利用这段时间飞快地想问题，寻觅求生之道。这几个人是我招募的，他们是我的兄弟，我们互相信任，配合默契。我应该为他们的生死负责。我头脑中像是有一千个陀螺在同时疯狂旋转，每个陀螺都是一个念头、设想和求生的尝试。可是，一千个陀螺中，没有一个陀螺为我指出一条求生之路。当我看到"知罃"时，头脑中灵光一闪，想到九年前的那场战争，楚军俘虏了知罃，晋军俘虏了公子谷臣。于是，我想出了第三步：交换俘虏。

魔术师要恢复本来面目时，我制止了他，知罃，你就是知罃。

此时，我找到了求生之路，尽管像绳子一样细，但必须沿着这条路走下去。

我振奋精神，危言耸听。我说，人之将死，其言也善。楚国，堂堂大国，雄霸一方，宫殿巍峨，美女如云，可惜呀可惜，没有一个明眼人，能看到这里将成为废墟，白骨累累，变为乌鸦和狐狸的家园。

楚王震怒，将一柄玉如意摔得粉碎。大臣们脸色苍白，战战兢兢。

我，一个侏儒，脑袋马上要搬家，愿尽一言而死。我说，九年前晋楚之战，晋国虽败，元气未伤，晋国上下没有一天忘记过楚国，没有一人不想着报仇。天下大国有四，北方晋，南方楚，西方秦，东方齐，秦晋结好已久，楚齐联合相抗。去年晋国打败齐国，差点俘虏齐国国君，齐国只好与晋国结盟。晋国与齐国并非敌国，晋国为什么要打齐国呢？估计你们都知道原因，齐国嘲笑戏侮晋国使者，晋国不能容忍，所以打了齐国。现在，天下形势还不明了吗？晋国下一个目标就是楚国。晋国拜荀首为帅，已是箭在弦上，如今他儿子知罃又逃出楚国，他还有什么顾虑呢？

我的话在楚王和大臣心中掀起波澜，他们已被恐惧攫住，失去平静。

晋国上下一心，同仇敌忾，楚国外失强援，内无斗志，你们自忖，这一仗会是什么结果？我说。

战争，特别是两个大国之间的战争，会有多惨烈，不难想象。血流成河，尸横遍野，是必然的。胜利者满身血污，杀人杀到手软，他会将他重要的战利品，砍下的大臣或将军的头颅，举过头顶，进行炫耀。失败者或成为尸体，或成为俘虏，或狼狈逃窜，惶惶不可终日。我说。

战争，你会说，何怕之有？楚国地广千里，兵车万乘，猛士如云，还怕晋国吗？去年齐国也是这样以为的，结果怎样？齐国国君差点被俘，只得签城下之盟。晋军统帅还侮辱性地要求齐国国君将其母亲送去做人质。楚国也许比齐国强大，但比晋国强大吗？我说。

大战在即，晋国厉兵秣马，杀气冲天。看看楚国，一派歌舞升平，来个马戏团，郢人趋之若鹜，全城人为一个马戏团打赌，如疯如癫，这样的状态能打仗吗？我说。

楚国，倾覆在即，既不备战，又要杀和平使者，意欲何为？和平，难道你们不想要吗，为什么要杀我们这些和平使者？我说。

再者，知罃逃走，而楚王的叔叔公子谷臣还在晋国囚禁着，这难道不是楚国的耻辱吗？楚王不想让叔叔平安归来吗？我说。

慷慨激昂的确痛快，但我并没忘乎所以，我时刻观察着楚王和大臣们的反应。师父说用命观察，此时，性命攸关，岂敢疏忽？我不断刺激楚王和他的大臣们，刺激，再刺激，让他们心中充满恐惧和愤怒，不是想让他们杀我，而是，人一旦被情绪控制，他的思辨能力就会降低，判断力就会下降，他会跟着你的思路走，不知不觉，被你带到你想去的地方。

你看楚王，他腰悬宝剑，他的手紧紧握着剑柄，有几次他都想抽出宝剑，把我杀了，可是——他忍着，心想，等他把话说完再杀也不迟。于是，他着了我的道，接住了我抛出的问题：谁是和平使者？叔叔如何平安归来？

我告诉楚王，我将知罃藏了起来，但我不会告诉他藏在哪里。荀首并不知道知罃已逃出楚国，他以为知罃还在这儿。现在，他——我用下巴指着魔术师——就是知罃。如果派我秘密出使晋国，我会说服荀首用公子谷臣来换"知罃"，并且不再兵戎相见。

谁都看得出来，这是一笔不错的买卖。可是，能成吗？这是他们的疑问。

我说，不试试怎么知道成不成，这是赢得和平的唯一机会。

楚王突然抽出宝剑，挥舞着，歇斯底里，大叫：你这个侏儒，胆小鬼，你就是想自己活命，才说出这一堆鬼话，我先杀了你，叫你说！

宝剑当头劈下来，我不但没躲，连眼睛都没眨一下。一个国王，要杀我，不必这么歇斯底里。我从他眼中看出他的动摇。他不会杀我。果然，剑在我头顶停下来。随后，楚王将宝剑架到我脖子上，说，你是不是想自己逃命？

我干吗要逃命？我说，我要光明正大、堂堂正正、风风光光地活命。

你要不回来呢？

我若促成交换俘虏，两国和平，于楚于晋，我都是大功臣，难道楚王会杀大功臣，让天下人笑话吗？我干吗不回来？

你若失败呢？

回来引颈就戮。

你有那么傻吗？

义之所在，虽死不避。他们几个都是我招募的，亲如一家，我若不能救他们，岂能独自苟活？

你有那么伟大吗？

我一点儿也不伟大，这是我做人的准则。

亲爱的兄弟，你只要站到楚王的角度想一想，就知道必然的结果会是什么。这是一道计算题。杀与不杀，区别是什么？杀，侏儒人头落地，知罃逃回晋国，晋楚交战，胜负难料。这是委婉的说法，其实是楚国面临一场灾难。不杀，委派这个侏儒为使者，有两种可能。一、侏儒独自逃命，其他与杀他是一样，楚国仍面临一场灾难。二、侏儒充当使者，又有两种可能：第一，完成使命，交换俘虏，两国和平，皆大欢喜；第二，有辱使命，侏儒或回来就戮，或逃命。你看，杀，百分之百灾难；不杀，百分之七十五灾难，还有百分之二十五挽回面子赢得和平的机会。如果不是傻瓜，谁会选择百分之百灾难，而放弃百分之二十五的和平机会呢？

所以，不杀我，并委派我为使者，是楚王的必然选择。他也正是这样做的。

到了这个时候，就该我提出条件了。我说，不仅仅要确保"知罃"——也就是魔术师的安全，还要确保其他几位兄弟的安全，否则，我宁愿选择死，也不当这个使者。

楚王答应下来。

我很清楚，即使我提出更多的条件，楚王也会答应。但是，不必了。不，还有必要，我顺便将两名看守也救了下来。

途经郑国，我去拜访弦高。弦高见到我开心得不得了，像个老顽童，拊掌大笑，哎哟，看看谁来了，了不起的小矮子。他拉住我的手，紧紧攥着怕我丢了似的。他吩咐杀猪宰羊，盛情款待我。知罃在他府上。宴席上，弦高请出知罃。三人相见，哈哈大笑。从救知罃的角度来说，我们配合默契，干得漂亮，非常成功。我后来在楚王宫的遭遇完全出乎他们的意料。

弦高为我倒酒压惊，让我安心在此住下，过几天魔术师他们就会过来与我会合。凭他们的能力，逃出楚国没有问题，弦高说。

我说，他们不会逃的，我不让他们逃，让他们等我，我要完成我的出使任务，我答应过楚王，不可食言。

弦高哈哈大笑，说，我果然没看走眼，好样的，够义气，有担当。为此，他敬我三杯，还要和我结为兄弟。

我受宠若惊。我说，我是个侏儒、小丑，这样不合适。

弦高说，有啥不合适的，你就是我兄弟。

知罃说，慢，慢，还有我呢，不把我当兄弟吗？

弦高说，你是贵族，瞎掺和什么？

知罃说，今天没有贵族，只有兄弟。

最后，我们三个年龄悬殊、地位悬殊、身份各异的人结为兄弟。无论从哪方面来说，我都是高攀。他们高看我一眼，我心里明白。我们称兄道弟只限于今天，只限于酒后，只限于这个地方，出去之后，我不会宣扬这种关系。

弦高和知罃支持我完成使命。知罃继续隐居弦高府上，弦高继续封锁消息。此外，知罃给他父亲写了一封信，信中只字不提他已到郑国。弦高利用他的商业网络，在晋国首都绛城和楚国首都郢城抢购物资，制造要打仗的紧张气氛。这对我帮助很大。

回到绛城，我再次来到荀府。门房看到我，老大不高兴，你又来了？我说，我要见荀大人，通报还是不通报？门房说，什么事？我说，荀大人欠我一个笑，我来讨要。我的说法和上次一样，门房嘟嘟囔囔，边发泄不满，边进去为我通报。他吸取上次教训，不再与我为难。

片刻，门房出来，说荀大人在客厅等我，让我进去。

荀首穿着正式会客服装，表示对我尊重。我假装大吃一惊，荀大人怎么没穿铠甲？我的话既无礼又荒唐。荀首很生气，黑着脸说，此话怎讲？

我说，晋国和楚国要打仗，身为元帅，难道不应该甲胄在身吗？

谁说晋国和楚国要打仗？

我假装更为吃惊，难道可以不打吗？满大街都在说，能是空穴来风？再说了，我刚从楚国回来，楚国在准备打仗，晋国能不打吗？

作为元帅，荀首应该先国事后家事。所以，他没问我营救知罄的情况，而是问楚国为什么要打仗。

我很清楚，两件事其实是一件事。于是，我向他汇报营救知罄的情况，实话实说，只省略了魔术师脱身与我们在边关会合的情节。这样，他以为被带回楚王宫的魔术师就是知罄。他为知罄捏一把汗。

故事讲完后，我说，正是我的危言耸听，使楚国走上了备战之路，但同时我也创造了和平机会……

我正准备滔滔不绝地说下去，荀首制止了我。我还有很多话没说呢。他说不用说了。从他的眼神中我能看出，那些我没说出的话，他已完全领会。我还说什么，战争的可怕，胜负的难料，家仇与国恨吗？不必了，完全不必了。他让我回去，第二天他会给我答复。

夜里，楚国出了乱子。囚禁在蓝堡的魔术师不再做"知罄"，恢复了他的本来面貌，看守很惊诧。他们弄清楚他的身份后，消息迅速扩散。前边说过，当初魔术师被关进蓝堡，郧城人分成两派，一派赌他能脱逃，一派赌他不能，结果赌他能脱逃的那派赢了，变成了富人，另一派变成了穷人。现在真相大白，赌博的结果应该反过来。原来变成穷人那一派现在要变成富人，原来变成富人的那一派不甘心变回穷人，争吵、打斗，最后变成两派之间的混战。

混战从蓝堡开始（看守们也参与了赌博），迅速蔓延到整个郢城。郢城顿成人间地狱。

趁着混乱，魔术师、耍猴人、大力士、飞刀表演者、绳技表演者成功逃出蓝堡。这个过程中，魔术师的开锁技术发挥了重要作用。再就是，他的易容术，他将几个人改变形象，谁也认不出他们。最具挑战的是大力士和猴子。他将大力士化装成一匹高头大马，他骑到上面。他将猴子化装成孩子，让耍猴人抱怀里。

城门紧闭。这难不倒他们。绳技表演者从城头往下抛根绳子，问题迎刃而解。他们一路朝北疾行。

天亮后，远处响起马蹄声。猴子爬到路边一棵高树上瞭望，吱吱吱叫着，比画着，耍猴人能听懂猴语，他说一支铁骑追了过来，片刻工夫就能追上。大力士大发神威，将路两旁的树朝路中间扳倒，形成路障，阻挡追兵。

再往前走，路两旁没树。他们离开大路，沿一条小路狂奔。这条小路将他们带到一个大峡谷。一条汹涌的大河拦住他们的去路。马蹄声疾，追兵渐近。绳技表演者向峡谷对面抛过去绳子，在峡谷上拉起一根绳索。猴子第一个爬过去，将绳子系得更为牢固。耍猴人第二个爬过去，敏捷如猿猴。

追兵到了。大力士要掩护大家，飞刀表演者捷足先登，我来！他守住隘口，飞刀如天女散花，冲在最前面的追兵纷纷倒地。绳技表演者催大力士，大力士担心绳子承受不了他的重量，他让魔术师先走。魔术师说，现在不是谦让的时候，我走啦！谁也没看清他用的什么手段，他大氅一抖，两臂张开，像鸟一样飞了过去。飞刀表演者的飞刀已经用完，形势危急。大力士说，看我的！他抓起一块块大石头向追兵掷去。石头呼啸，如挟风雷。飞刀表演者攀着绳子顺利过河。你也走！大力士朝绳技表演者吼道。绳技表演者在绳子上健步如飞，快到对岸时，还翻了几个跟斗。真是艺高人胆大。大力士的飞石很厉害，追兵不敢近前。他在峡谷边犹豫。绳子不够粗。对岸四个伙伴鼓励他，别怕，绳子能行。大力士战战兢兢爬上绳子，绳子果然能够承受他的重量。他笨手笨脚，爬得很慢。追兵已到，张弓搭箭。奇怪的是，他们不朝大力士射箭，却朝空无一人的峡谷射箭。箭雨点般落到河里。原来魔术师施了障眼法，追兵看不到绳子和大力士，却在另一个地方看到他们的幻象，于是朝幻象射箭。大力士没将绳子压断。绳子所系崖边之树却不堪承受，被一点点拔了出来。终于，在大力士距对岸只有几步远的时候，树被连根拔起。所幸大力士紧紧抓住绳子，没有掉入峡谷。几个人七手八脚将他拽上来。这里是郑国地盘，他们安全了。他们一齐扭屁股嘲笑追兵。山谷中回荡着他们的笑声。

　　几个伙计神奇归来。事情变得简单了。原来我提出交换俘虏、缔结和约云云，为的是救我这几个兄弟。现在他们平安归来，楚王已无俘虏，还与楚王交换什么？被一个侏儒捉弄，可怜的楚王将成为天下人的笑柄。

事情也变复杂了。楚王受到羞辱，岂肯善罢甘休？一个发怒的小孩什么事干不出来？愚蠢的人总喜欢干愚蠢的事。发动战争毫无疑问是愚蠢之中最愚蠢的事，而他，楚王，也许——肯定——会将这作为自己的首选。晋国呢，去年战胜齐国，信心大增，已非九年前的晋国，实力非同小可，一点儿不惧怕楚国。那么，自然而然，战争迫在眉睫。

我是在快到边关的地方遇到几个伙计的。前面说到荀大人第二天给我答复。第二天，一切超乎想象地顺利。荀首向国君汇报，国君同意交换俘虏，缔结和约。国君不想打仗。他命荀首全权处理此事。荀首令我先行一步，向楚王复命，他带着公子谷臣随后就到。我建议他将连尹襄老的尸体也还给楚国，他同意了。这时，我才将知罃的信交给他。知罃在信中主要表达两层意思：一是为九年来没能尽孝感到愧疚；二是让父亲以国事为重，不必顾虑他个人的安危。儿子深明大义，荀首颇感欣慰。

如今，一个新问题摆到了我面前：前进，还是后退？

前进，要面临难以想象的复杂局面，后果难料；后退，则很简单，向荀首坦白一切，将知罃交给他，完成任务，万事大吉。

亲爱的兄弟，如果让你猜，你一定会猜，我选择后退。毫无疑问，对我来说，后退是最安全的。明智的话，我应该选择后退。可是，我选择前进。

几个伙计以为我疯了。我说我没疯，只是有些疯狂罢了。我不要求他们跟着我冒险，他们可以各回各家。

他们不理解我为什么这样做。我说，很简单，刺激呗！

我羞于说出我真实的想法。我害怕战争，害怕流血，害怕死人。还有，一打仗，老百姓就遭殃，我怕我的兄弟——你——战死疆场。我想制止战争。我想要和平。这些能说吗？说出来徒惹人笑话，一个侏儒不自量力，竟然要干大事。

令我感动的是，几个家伙竟然还要跟着我。我说，你们这是干吗？我不会再给你们钱啦。他们异口同声地说，不要钱，要刺激！我明白，他们羞于说，跟着你，赴汤蹈火，在所不辞。

进入郑国，人们都像屠宰场中的动物一样惶恐不安。天空出现异象，太阳消失，大地深处放射出清冷的光，云彩沉重而灰暗。没有风，空气凝固。大地战栗，天空抖动。

这个国家要完蛋了吗？晋楚交战，郑国遭殃，听上去荒谬，其实就是这么回事儿。一个小国，夹在两个敌对的大国之间，还能指望什么命运。

我们来到弦高府上，弦高正在院中仰观天象。下人们恭立一旁，保持安静。天上除了沉重灰暗的云，什么也没有。这时候云彩裂开一条缝，一束明亮的光从缝隙中射下，打在弦高脸上，弦高笑了。

你们来得正好，他说。原来他早已看到我们，几个伙计他都熟，他们逃亡的故事他也听说了。他哈哈大笑，干得漂亮，干得漂亮，今天咱们花天酒地一醉方休。

美酒、美食、美人。弦高还请出了知罃与我们一同饮酒作乐。他说，狂欢吧，狂欢吧，狂欢吧。

狂欢之夜。大力士豪饮一大桶酒，仍不过瘾，连呼拿酒来。仆人又抬来一个大桶，大力士打开桶盖，举起木桶往嘴里倾倒，结果没倒出酒，却倒出一只猴子。猴子抓伤大力士的脸，大力士追打猴子。绳技表演者向上抛一根绳子，猴子抓住绳子，爬到空中，大力士无可奈何。魔术师哈哈大笑，将外衣脱下，盖到一个空酒桶上，比画两下，再扯去外衣，猴子从空酒桶里跳出来。猴子抓起一把刀子跳开，飞刀表演者为让猴子交出刀子，拿出一把刀子，抛起又接住，猴子学他的样子，将刀子抛到空中，飞刀表演者趁机将刀子接过来。如此种种，欢声笑语不断。

中间，弦高悄然离席。我和知罃互相看一眼，也跟着离席。我们来到门外，一辆马车已等在那里。我们三个跳上马车，车夫一抖缰绳，马车驶入夜色中。

酒宴开始之前，我们三个人有一个短暂的会晤。我向二位告别，我要去向楚王复命。知罃说，我跟你去，一个人太孤单。弦高说，我也去，好给你们收尸啊。

进入楚国之后，我们发现军队正在集结，据说楚王就在军营里，他要御驾亲征。这小子疯了。九年前他父亲打败晋军，并不等于九年后他也能打败晋军。

我们三个人分开行动。我先去见楚王，如果一个时辰我没有出来，他们两个就回郑国，不必一起送死。一个时辰后，我没出来，知罃对弦高说，现在我进去，一个时辰后我不出来，您就回郑国。弦高说，好吧，没必要都死在一起。一个时辰后，知罃没出来，于是弦高也进去了。

兄弟，我给你说说里面发生的事吧。我进去向楚王复命，大大出乎楚王的意料。他没想到这个侏儒如此之傻，竟然真的回来引颈就戮。我说我已完成使命，晋国同意交换俘虏，并送还连尹襄老的尸体。楚王根本不信，他下令将我烹了。楚王就爱烹人。大鼎在军营支起来，注水，生火。他真要烹我，简直疯了。大臣们纷纷进谏，楚王不为所动。知罃送上门来，楚王手中有了筹码，应该理智一些吧，不，他更疯狂。他怀疑知罃是假的。他见识过魔术师的易容术，他怕再被骗。验明正身是个复杂的过程，经过一番撕扯、察看、询问，大臣们得出一致结论：知罃是真的。楚王一阵大笑，寡人总算出了这口鸟气，把他们一块儿烹了。这时候弦高闯进来说，我是郑国使者，把我也一块儿烹了吧。

我说，你们添什么乱啊，我，一个侏儒，作为大王的使者，竟然促成两国和平，美名归侏儒，有辱正人君子，我当烹。

知罃说，我身为晋国之臣，没有尺寸之功，却劳君父挂念，无法全力御敌，我已成为君父后顾之忧，我当烹。

弦高说，郑国国君听说晋楚要交换俘虏，缔结和约，欢欣鼓舞，派出使者，邀请双方到郑国做客，他要躬逢盛会。现在鼎水已沸，楚王要烹使者和俘虏。此举之后，晋国必然烹公子谷臣，抛尸连尹襄老。两国势同水火，再无和平可言，何来盛会。我身为使者，有辱使命，我当烹。

亲爱的兄弟，故事讲到这里，差不多该结束了。楚王当然没有烹我们。他爆发出一阵大笑，用笑声来掩饰尴尬。他说并不是要烹我们，只是看看我们胆量如何。然后，进入正常的外交轨道。郑国国君做见证，晋国与楚国在新郑交换俘虏，缔结和约。

随后，郑国国君做东，盛情招待楚王、荀首、公子谷臣、知罃、弦高等。郑君说，如此盛会，岂可无娱乐？弦高说，我们有马戏团。

这次马戏表演和以往迥然不同。以往，我们几个轮流表演，这次我玩疯了，每个节目都要掺和，弄得满场尖叫声连连。

我第一个上场，这个次序没变。我演的是《发怒的人》。一个家长因为自己的错误而发怒，不断犯下新的错误，变得越来越愚蠢。我讽刺的是楚王，可是楚王没看出来，他笑得最厉害。

第二个上场的是绳技表演者。两根柱子间拉一根绳子，他在绳子上翻跟斗。他表演完后，我问大家要不要看侏儒走绳子，大家说要。我拿一根长长的竹竿，为大家表演走绳子。师父生前教过我。他为什么要教我这个？他说我们的人生就是走绳子，一不小心就会掉下去。他为了让我体会这种感觉，所以教我走绳子。我摇摇晃晃走着，猴子突然玩兴大发，抓住绳子荡来荡去，故意捣乱，后来竟然跳到我肩膀上，拽耳朵，揪头发，我龇牙咧嘴忍受着，又惊又险地走到终点。

第三个上场的是飞刀表演者。他表演一番令人眼花缭乱的飞刀后，又到了征募志愿者环节。和往常一样，还是没人应征。我建议让猴子来试试。刚开始猴子还算配合，站到木板前，伸开四肢，无所畏惧。飞刀表演者抽出刀子，猴子瞬间开溜，再也叫不回来。以往，到这个时候，我就挺身而出，使表演得以圆满完成。这次，飞刀表演者又让我站到木板前时，我不干了。我说，咱们换换吧，这次你站那儿，我掷飞刀。他竟然同意了。我说，我要盲掷。他又同意了。我蒙上眼睛，投掷飞刀。我没他那么快，但也不算慢。一阵砰砰砰砰的声音，听上去都很清脆，没有扎住肉的沉闷声音。取下蒙眼布，我看到木板上满是刀，他没事。他向前一步，木板上正好留下一个人形空白。兄弟，你一定在想，这个侏儒兄弟，想不到掷飞刀也这么了得。其实非也。了得的还是飞刀表演者，我蒙眼掷飞刀时，他已躲到了木板后面，他举着木板接飞刀，接出了一个和他身体一样的形状。

第四个上场的是大力士。他肩扛一根长木，让志愿者上来吊住长木，看他能够承受多少人的重量。四十人。创纪录的四十人。我说，都别动，我能让大力士站我肩膀上，连同长木和四十人。我做到了。所有人都目瞪口呆。其实很简单，小小的障眼法而已。看上去大力士站在我肩膀上，实际上只是鞋子在我肩膀上，他人仍站在地上。这是魔术师帮我们设计的。

第五个上场的是魔术师和耍猴人，他们要合作一个节目。猴子生气了，上来将耍猴人赶下去，由它与魔术师合作。我上场，也要参与表演。猴子这次没赶我，而是将魔术师赶下去，我们俩合作。我表演的是大变活猴。将猴子锁进一个铁笼子里，我用黑布将铁笼子遮起来，猴子大概不习惯黑暗，在里面吱吱叫，用力摇晃铁笼。我不理会它。我学魔术师的样子，比比画画，故弄玄虚。同样的动作，魔术师做起来很酷，我做起来却非常滑稽，引起阵阵笑声。关键是看结果，看我能将猴子变成什么。见证奇迹的时刻到了，我说声"变"，扯去黑布。所有人都惊呆了，张大嘴巴，却发不出声音。他们看到笼中猴子变成了楚王。楚王摇晃着铁笼，叫着。观众又听到吱吱的叫声，循声望去，在楚王的宝座上，猴子神气活现地坐着。它还戴着王冠。这时候爆发出了山呼海啸般的笑声。笑声经久不息。最难能可贵的是，荀首笑了。他的座位与楚王的座位挨着。他看到楚王在笼子里，非常惊诧。听到吱吱声，扭头一看，楚王变成了猴子，他笑了。

兄弟，你看，为了荀首这一笑，我真够折腾的，可谓千辛万苦，出生入死。但是，我不后悔。且不说这个过程很刺激，很好玩，单单就交朋友来说，也是值得的。马戏团几个伙计不用说了，你大可放心地将命交到他们手里。还有弦高和知罃，他们都是高尚之人，并不因我是侏儒而看轻我，和我称兄道弟，情同手足。我很清楚，他们帮助我是出于崇高的理想——和平，为的是国家和人民，但这正是我敬佩他们的地方，同时这也是我们合作的基础。兄弟，我并不是借他们来抬高自己，其实在我心里也藏着那么一点儿羞于说出口的崇高情怀。算了，不说这些了。

还来说最后一场演出吧。表面上看，是我在变魔术，背后却是魔术师掌控着。他如何做到的，我不得而知。之前，我对他说想捉弄一下可恶的楚王，至于怎么捉弄，我也没想出好的招儿。魔术师说，交给我吧，我让他变成猴子。我猜想，他肯定是用花言巧语打动了楚王，楚王才和他配合的。毕竟楚王只有十三岁，还是个愚蠢的小男孩，说动他参与到神奇的节目中应该不难。楚王在笼子里，刚开始还很兴奋，在大家的笑声中他才意识到自己被耍了，表情尴尬，眼中隐现杀机。所有人都在笑，没人注意到这些，但我注意到了。师父说过，要用命观察，此时我正在践行师父的教诲。事实证明，师父的话又一次救了我的命。

这天晚上，楚王派兵围住马戏团住的客栈，要对我们几个格杀勿论。他们扑了个空。我们早已远走高飞。

好了，这封信真够长的，就此打住。

侏儒：世说与札记

1. 我是谁

我做了一个梦，梦到自己突然长高，身材魁梧，像个武士。我不再是侏儒，我是正常人了。我心里甭提有多高兴。我先去见师父。师父正在晒太阳，我站到他面前时，他甚至没认出我来，他挥挥手，让我走开，说我挡了他的阳光。你看，我现在能挡师父的阳光了。我不走开，索性将他的阳光全部挡住，让他晒不成太阳。

师父很生气，心里肯定在想，谁这么无理，敢挡他的阳光。师父是国君喜欢的人，国君有口谕：任何人不得欺负老侏儒。在宫廷里，老侏儒特指师父，小侏儒特指我。我也常拿这道口谕保护自己，不过我在借用的时候故意省略了"老"字，这样，国君的口谕就成了：任何人不得欺负侏儒。在别人面前还多少管点用，但是在师父面前，这道口谕一点不起作用。师父用戒尺打我时，我也说：国君有口谕，任何人不得欺负侏儒。不说还好，说了之后，师父打得更欢，边打边说：我是"任何人"吗？我是"任何人"吗？你看，师父就是这么不讲理。师父有国君的口谕，谁挡师父的阳光，师父都可以不客气。当然，师父对别人不客气只是装装样子，一个侏儒，他敢对谁不客气？但师父对我不客气却是真的，戒尺真会落下来。这次却不一样。师父看到我挡了他的阳光，并没用戒尺打我，只是疑惑地看着我，好像不认识我似的。师父说，你是谁？我说，你不认识我吗？师父说，不认识。我说，你再看看。师父白我一眼，还是说不认识。我很得意，我说，我是小侏儒，你徒儿。师父说，你不是小侏儒。我说，我就是。师父说，你不是。我说，我是！师父挥挥手说，你走吧，别挡我的阳光。他这是嫉妒。嫉妒我长高了，他没长高。

我来到外边。第一个碰到的是厨子。他块头很大，他的形象很符合他的职业。他平时总是逗我，说他要做一道菜，叫蒸侏儒，让我好好吃饭，先把自己养肥，等着他。我对他说，人们更想吃的是蒸厨子，不用再养，已经白白胖胖，正好上屉。他今天怎么了，一脸正经，看到我就像没看到一样。我说，嗨，厨子，今天要那道名菜"蒸厨子"吗？他白我一眼，不理我。我说，你不认识我了？我是小侏儒啊。他说，你不是小侏儒。我说，我真是小侏儒，只是我长高了。他说，你不是。我说，我是！他不理我，钻进了厨房。这家伙,他也嫉妒我。

第二个碰到的是马夫。他正在给马喂草料。他是个聋子。我过去拍一下他的肩膀,他扭头看我一眼,用眼睛询问我有什么事。我知道和他怎么交流。我比画着说,你不认识我吗?我是小侏儒。他一脸茫然,他的表情在说,我不认识你。我说,我是小侏儒。他比画:你不是。我说,我是!见鬼,他笑笑,干他自己的活儿去了。

第三个碰到的是车夫。他给国君赶车。他是个哑巴。他的舌头被割了。得到这份工作的前提条件是不能说话。他长着一张苦瓜脸,据说从来不笑。但我清楚,他和我在一起的时候是会笑的,虽然笑得比哭还难看。我拦住他,我说,你认识我吗?他用嘴型表示:不认识。我说,我是小侏儒。他用嘴型表示:你不是。我说,我是!他从我身旁绕过去,去擦拭他的车。

后来,我又碰到许多人:管菜园的、洗衣裳的、挑粪的等,这些平时熟悉的人,现在居然没有一个认识我。我说,我是小侏儒。他们说,你不是。我说,我是!他们不相信。

我又碰到那只老猫,它平时总让我抱在怀里,现在却不,它老远警惕地看着我。我说,我是小侏儒。它说,你不是。我说,我是!它走开了。我又碰到老黄狗。它叫阿黄。我说,阿黄,你认识我吗?阿黄说,我不认识。我说,我是小侏儒啊。阿黄说,你不是。我说,我是!阿黄朝我吠叫,意思是,你不是!

我又问老白果树，你每天都看到我，你不会不认识我吧？老白果树说，我不认识你。我说，我是小侏儒啊。老白果树说，你不是。我说，我是！老白果树不理我，独自享受着清风。

后来，我找到一面铜镜，我照镜子，里面是一个陌生人。我对镜子里面的人说，你是谁？他说，我是小侏儒啊。我说，你不是。他说，我是！我不理他，走开了。

现在，谁能告诉我，我是谁？

2. 师父与戒尺

师父是滑稽大师，他能随时随地逗人发笑。但在我跟前，他是恶魔，不但不笑，还总是用他的戒尺把我的手打肿。打得能烙饼，这是他的原话。有一天，他又要打我，可是戒尺找不到。他急得团团转，像丢了魂一般。他怀疑我偷了他的戒尺，审问我。我说我没偷。他说，戒尺会跑吗？我说，打人的戒尺会跑。师父很生气，将我的手打得火烧火燎，真是能烙饼。他又问，戒尺会跑吗？我说会。师父又打我。我发现师父用的正是戒尺，那把常打我的乌木戒尺。戒尺是如何跑到师父手上的，我一点儿也没弄明白。

3. 老马得救

　　一匹退役的老马要被杀掉，师父抱住马头哭泣。师父个子矮小，老马将头低下，让师父抱着。国君经过，看到这情景，觉得奇怪，问师父哭什么。

　　师父说，这匹老马说它想为国君立功，现在人们却要杀掉它，我为它惋惜，所以哭泣。

　　国君说，它已经这么老了，还怎么立功？

　　师父说，老马不但能立功，还能立大功，我给你们讲一个故事吧。齐军曾经在山谷中迷失道路。国君问管仲，可有办法？管仲说，老马也许识路，不妨一试。他们挑选几匹老马，去掉笼头、缰绳，让它们在前边走，大军紧随其后。在几匹老马的带领下，他们最终找到了回家的路。

　　听了师父的故事，国君说，那就留着这匹老马吧。

　　师父笑了，眼眶中还含着泪。

4. 圣人之言

　　人之将死，其言也善。

　　管仲将死时，齐桓公问他：可有要交代的？寡人一定照你说的去做。

管仲不言。

齐桓公身边还有三个亲信：易牙、竖刁和开方。

齐桓公说：但说无妨，他们是我最亲近的人。

管仲不言。

齐桓公让三个亲信出去，管仲这才开口。

管仲说：请主公驱逐这三个人。

齐桓公说：驱逐什么人都可以，为什么是这三个？这世上没有人比他们对我更忠心。比如，易牙做得一手好菜，有一次他做了蒸羊羔给寡人吃，很是美味。寡人开玩笑说，羊羔肉的美味寡人知道了，只是婴儿肉什么味道，寡人还不知道。说者无心，听者有意。第二天，易牙将他刚出生不久的婴儿蒸了给寡人端上来。你看，他对寡人多好啊。

管仲说：儿子是至亲骨肉，连至亲骨肉都不爱的人，会爱国君吗？

齐桓公说：竖刁为了服侍寡人，自己阉割，进入内廷，哪里还能找到比他对寡人更好的人？

管仲说：世上哪个人不爱惜自己的身体，一个连自己身体都不爱惜的人，会去爱别人吗？

齐桓公说：开方做事兢兢业业，十五年都没回去探亲，难以找到比他更敬业的人。

管仲说：开方是卫国人，卫国离这儿不过几天的路程，他十五年不回家探望亲人，父亲去世也不回去奔丧，对家人尚且如此，对别人能好到哪儿去。

齐桓公觉得管仲说得有道理：好，我听你的。

管仲死后，齐桓公罢了这三个人的官，将他们赶走了。

没过多久，齐桓公感叹：赶走易牙，吃饭不香；赶走竖刁，内宫混乱；赶走开方，朝堂喧闹。唉，圣人说得也不一定全对。

齐桓公又将三人召回，重新委以重任。

不到一年时间，齐桓公生病，这三个人发难，将齐桓公困在一个屋子里，使其不得外出。一个宫女从狗洞里钻进去看望齐桓公。齐桓公说，我又饥又渴，没吃的，没喝的，怎么回事？宫女说，易牙、竖刁和开方作乱，这儿已经被封锁十来天了。齐桓公想起管仲说的话，感喟道，都怨寡人不听圣人的话，才落到今天这步田地，我死后没有脸面去见管仲啊。他将宫女打发走，白布蒙面，饿死在床上。死后，没人为他殡葬，尸体停放在床上六十七天，蛆虫从门缝爬到了外面。

齐桓公九合诸侯，一匡天下，是一代霸主，可惜啊，竟以这种方式告别人世。

5．"我"在这儿

我问师父：表演的真谛是什么？

师父说：无我。

怎样才能做到无我？

师父说：当你是所有人时，就无我了。你是小气鬼，你是胆小鬼，你是吝啬鬼，你是怕老婆的，你是打老婆的，你是小偷，你是凶手，你是英雄，你是懦夫，你是懒汉，你是勤劳者，你是马屁精，你是二愣子，你是机灵鬼，你是傻瓜，你是痨病鬼，你是高官，你是仆人，你是宦官，你是国君，你是蒙冤者，你是判官，你是犯人，你是奴隶，你是贵族，你是平民，你是抬轿的，你是坐轿的，你是吹喇叭的，你是看热闹的，你是猪，你是狗，你是猫，你是老虎，你是老鼠，你是兔子，你是狐狸，你是树，你是花，你是草，你是土，你是尘，你是灰……然后，就无我了。

我问师父：那"我"哪儿去了？

这个问题把师父难住了。说时迟，那时快，师父闪电般给了我一戒尺，我头上立马起了一个包。

"我"在这儿！师父说。

6. 惊天地，泣鬼神

师父最钦佩的人是一个瞎子，叫师旷。他是个琴师。他的琴艺有多高超，我举个例子你就知道了。有一次，师旷为国君弹奏《清徵》，一曲未了，十六只仙鹤从南方飞来；再一曲，仙鹤排成两列；第三曲，仙鹤翩翩而舞。

国君让他弹《清角》，他说这是黄帝为召集鬼神而作的，不能轻易弹奏。国君不信邪，说你但弹无妨。师旷弹奏出第一串音符时，晴朗的天空中乌云骤起，遮天蔽日；弹奏出第二串音符时，雷鸣电闪，狂风暴雨；弹奏出第三串音符时，天昏地暗，帷幕撕裂，祭器震破，编钟自鸣，屋瓦坠落一地，吓得满堂宾客惊慌失措纷纷躲避。师旷停手，顿时风停雨止，云开雾散，又是朗朗晴天。

师父说，师旷的技艺真是惊天地、泣鬼神啊！

瞧师父的神情，多么满足，多么幸福！仿佛在说，能够和师旷这样杰出的人物生活在同一个时代，是我们的运气。

7. 谁有尊严

师父领我去拜见师旷。我问师父：大师是先天盲，还是后天盲?

师父说：大师并非天生盲人，他是为了学琴，怕分心，自己用艾草将眼睛熏瞎的。

一定要如此吗？我说。

师父毫不客气地给了我一戒尺，打得我灵魂出窍。

师旷不仅是琴师，还是智者。

师父向师旷请教一个问题：侏儒有尊严吗？

师旷笑了，他说：你在台上做滑稽表演时，你不笑，台下人笑得前仰后合，他们笑什么？是笑你吗？不，他们笑你模仿他们模仿得惟妙惟肖，模仿得夸张传神，模仿得更像他们，他们在笑自己。可是，他们并不知道他们在笑自己，而你知道，所以你冷眼看着他们。这时候，众人皆笑你不笑，你说谁有尊严？！

8. 师旷掷琴

国君与一帮大臣喝酒，喝得醉醺醺的，得意忘形，感慨道：做君主真好啊，说是啥就是啥，谁敢不听？

师旷正在弹琴，闻听此言，绰起琴就朝国君掷去。好家伙，要不是国君躲得快，会被砸个正着。琴擦着国君的衣服飞过去，砸到墙上，啪——摔得粉碎。

国君吓得脸色苍白，叫道，你疯了吗？你疯了吗？你弹得好好的，掷琴干什么？

师旷说，我刚听到一个小人在胡说八道，所以我用琴砸他。

国君说，什么小人，哪儿来的小人？那是寡人我。

师旷说，不可能，不可能，国君怎么会说那种话呢？那不是国君应该说的话。

国君说，好你个瞎子，你可知罪？

大臣都劝国君杀了师旷，杀了这个狂人，杀了这个瞎子！师旷从容站起，正正衣冠，准备就戮。

一个人竟然能够如此镇定、如此从容，我从没见过。这个盲大师，个子并不高，可他站起来时，令人惊诧，高大得不得了，需仰视才行。他一副大义凛然的神情。那些叫嚣要杀他的大臣根本不敢看他。

这时还没到师父表演节目的时间，师父提前登场。师父到师旷跟前数落师旷：师旷啊师旷，你眼瞎难道心也瞎？国君哪一点说得不对？谁说国君不该说这话？明君当然不会这样说，可我们的国君并没打算要做个明君，你怎么能用明君的标准来要求国君呢？明君也好，昏君也好，这是人家的国家，人家想怎么着就怎么着，关你什么事。你敢拿琴砸国君，真是无法无天啊。不杀你吧，国君如何咽下这口气。杀了你吧，倒成全了你，你可好，像比干一样，载入史册，千古流芳，可是，你置国君于何地？千百年后，让人们说国君是纣王吗？那时人们会唱："师旷掷琴兮，千古传扬；国君杀贤兮，万世留名。"国君留什么名，难道是好名声吗？国君要是饶了你，倒是落下一个虚心纳谏的美名。可是，那也太便宜你了……

师父正话反说，反话正说，半正经，半玩笑，国君自然听出进谏之意，也明白师父说的道理。师旷既然不怕死，杀之何益。国君放了师旷，说，师旷之言，寡人引以为戒。

师父回来后，我夸师父勇敢。师父让我摸他的背，湿吗？

我说，湿。

那是冷汗，他说。又让我摸他的头，看在不在。

我摸摸他的头，在。

师父说，刚才差点儿就掉了。

9. 炳烛之明

国君对师旷说：我七十岁了，想学习，恐怕已经晚了。

师旷转动脑袋说：我看不见，到晚上了吗？天黑了吗？为什么不点上火烛呢？

国君说：哪儿有做臣子的和君主开玩笑。

师旷说：我，一个瞎子，哪儿敢和君主开玩笑。我听说，年少时候好学，就像太阳刚出来时的光明；中年时候好学，就像正午太阳的光明；年老时候好学，就像点燃火烛的光亮。点燃火烛照明和在黑暗中摸索，哪个更好呢？

国君感叹：说得好啊，是这个道理。你眼睛虽瞎，却比谁都明白。

事后，师父对师旷说，你说得真好啊，看来什么时候学习都不晚。

师旷叹息一声说，喜欢学习的人是不需要劝的，不喜欢学习的人劝也没用。

师父将戒尺递给师旷，你摸摸，这是什么？

师旷说，戒尺。

师父说，用这东西劝也许会有用。

师旷笑道，你让我用这东西去劝国君吗？

师父说，哪儿敢啊，大师，我是说用这东西劝徒儿有用。

师旷挥舞一下戒尺，笑笑说，那倒是。

师父看着我，不怀好意地笑，好像他这把宝贝戒尺受封了似的。

10. 聆听寂静

传说师旷弹琴能模仿大自然中的一切声音：风声，雨声，雷声，禽鸟的鸣叫声，车轮的滚动声，抽鞭子的声音，猫的脚步声，蛇行走的声音，花儿绽放的声音，树叶落地的声音，水翻滚的声音……

有一次，在朝堂上演奏，他正襟危坐，调好琴弦，要求大家闭上眼睛，听。

过一会儿他问大家听到什么了，都说什么也没听到。

师旷说，我弹的是寂静，你们没听到吗？

有人赞叹，竟然能够弹出寂静。

有人说，这算不上寂静，我听到了呼吸声，听到了虫子咬木头的声音。

师旷说，寂静并非什么声音都没有，寂静本身就包含着声音，没有这些声音，你无法理解寂静。深夜，一滴水落下的声音，比什么声音都没有更能显出夜晚的寂静。

此后，我到处去谛听寂静，我发现寂静丰富多彩，形形色色。比如，海螺中的寂静有大海的啸声，山洞中的寂静有大山的叹息，夜晚的寂静有梦的秘密，陶罐中的寂静有火的声音，等等。

11. 运动不在，时间无存

我问大师：什么是时间？

大师说：时间是运动的别名，其实没有时间，只有运动，为了便于衡量运动，我们发明了时间。运动是本质，时间是表象。运动是皮，时间是毛，时间附着于运动，运动不在，时间无存。

所谓的日月年，衡量的都是太阳和月亮的运动。日晷，影子的移动。你动嘴巴，眨眼睛，心脏跳动，都是运动。大雁迁徙，燕子去而复来，花开花落，月缺月圆，也都是运动。运动无处不在。时间在哪儿，我看不见，摸不着。离开运动，我无法告诉你时间。

12. 师父的教诲

师父说，一个人说什么并不重要，重要的是他说话时的腔调、眼神和肢体动作，这些传递出来的才是他真实的意思。通常人们说的是这样，心里想的是那样。

我说，师父你说这话时，心里想的是哪样？

这样！师父说。

你们能猜到的，戒尺又敲到我头上了。

13. 一个俘虏的背影

师父想到俘虏营去看一个人，去了三次，都没能看成。第一次，那个人不在，说是被叫去登记了。每个俘虏都要登记造册。第二次，师父刚到俘虏营门口，国君派人叫他进宫表演节目，他只好转身进宫。第三次，师父再去，俘虏正要上路，不让任何人见。公主要嫁到秦国，这批俘虏是作为奴隶陪嫁的。师父恳求押送的官兵，让他见一面。官兵一点儿也不通融。师父只看到那个人的背影。

师父怅然若失。我问师父，你为什么要见一个俘虏？师父说，你知道他是谁吗？我说，我知道，人们都叫他百里奚。师父说，你只知道他的名字，你不知道他这个人。

14. 饯行

百里奚是南阳人。四十岁的时候，他对老婆说，老婆，我要再不出去闯荡，我这一辈子就完了。男人一旦不安分，老婆很难将他的心拴在家里。与其吵架生气，不欢而散，不如支持他，让他心怀愧疚出门。闯荡去吧，反正在家也不好好挣钱。他老婆这个女人不简单，家里揭不开锅，没什么为丈夫饯行，怎么办？不能让丈夫就这样平平淡淡上路。不是还有一只正下蛋的母鸡吗？杀了。没柴炖，不是还有门闩吗？劈了。烧门闩，炖母鸡，这算不算最高规格?! 可想而知，百里奚临行前的这顿饭该有多么难忘啊。

15. 交友

百里奚闯荡几年，一事无成。钱也花光了，沦为乞丐。这时候他遇到一个名叫蹇叔的人，两人很谈得来。交个朋友吧，他说。蹇叔说，我们难道不是朋友吗？百里奚说，是。蹇叔说，跟我回家吧。百里奚于是住到了蹇叔家。

　　齐国国君无知，张榜招贤，百里奚要去，蹇叔说无知这个人得位不正，又无才，不久就要出事，还是别蹚这浑水。百里奚听了蹇叔的话，没去应召。后来齐国国君果然身死无成。

　　百里奚去为周王子颓养牛，牛养得好，子颓要重用他。蹇叔去看他，对他说，子颓这个人不行，别跟他干了，快走吧。不久子颓被杀。百里奚因听了蹇叔的话，又躲过一灾。

　　宫之奇向虞国国君推荐百里奚，虞侯派人去请百里奚。百里奚要去，蹇叔说，虞侯这个人也不行，又贪又蠢，不会有好结果。大丈夫不能轻率地决定去留之事，吃了人家的俸禄，再抛弃人家，就是不忠；可是，和蠢货共患难，也不是聪明人干的事。

　　百里奚说我已人到中年，还一事无成，机会难得，就让我去吧。蹇叔见百里奚决心已定，便没再阻拦。蹇叔告诉百里奚，他要到鹿鸣村隐居，百里奚可以到那里去找他。

　　虞侯封百里奚为中大夫。晋国送给虞侯白玉和宝马，要借道去攻打虢国。宫之奇进谏，说不能借道，唇亡齿寒，虢国被灭，下一个就会是虞国。虞侯不听，答应借道。宫之奇问百里奚，你为什么不进谏？百里奚说，国君是个傻瓜，他不会听我的，说也是白说。宫之奇说，那我们一起逃走吧。百里奚说，我要逃走就是不忠，我决定留下。宫之奇不理解他，说树都要倒了，你还待在窝里不飞走，岂不是傻瓜？虞国被晋国灭亡之后，百里奚和虞侯成了晋国的俘虏。

16. 一个奴隶逃跑了

百里奚在被押往秦国的路上逃之夭夭。这件事让秦国国君很懊恼。他知道百里奚是个难得的人才，正等着百里奚呢。晋国国君送给他这份大礼，他心花怒放。可是，在陪嫁的奴隶中没有百里奚的身影。怎么回事？押送的官兵说，百里奚逃了。

秦国国君非常生气。即使那九十九个奴隶都逃走，但只要百里奚在，他都不会生气。不但不生气，还会非常高兴。不但非常高兴，还要庆贺。现在，逃走的偏偏是百里奚，而不是别的奴隶，他如何能不生气？派人去找，就是找到天涯海角也要给我找到！他说。

17. 养牛与养马

百里奚在楚国乡下给人养牛。他养的牛又肥又壮，令人称奇。楚国国君听说，将百里奚召去，问他养牛的秘诀。

百里奚说，没什么秘诀，牛饿的时候让它吃，牛出力的时候要爱惜，和牛一条心，就这些。

楚国国君说，养马应该也是这个道理，你给我养马吧。

于是，百里奚在南海给楚国国君养马，把马一匹匹都养得膘肥体壮。

18. 五张黑羊皮

秦国国君打听到百里奚的下落，非常高兴，即刻召公孙挚进宫。爱卿辛苦一趟，前往楚国，不惜重金，一定要将百里奚赎回。公孙挚问，我们打算出多少钱？国君说，多少钱都可以，只要楚国国君开口，你尽管答应。公孙挚说，主公觉得百里奚是什么样的人才？国君说，宰相之才，无价之宝。公孙挚说，若我是楚王，给我多少钱，我都不会做这笔买卖。为什么？人才难得。

公孙挚又说，楚王之所以让百里奚养马，肯定是不知道百里奚的才能，我们用重金去赎，楚王马上就会明白，这是个人才，要不秦国不会花重金来赎。楚国若是知道百里奚是人才，干吗不自己用，而要给秦国呢？百里奚本来是我们的逃奴，如果我们追逃奴，说要弄回来处死，以儆效尤，楚国会为一个奴隶得罪我们吗？而一个奴隶能值多少钱呢？国君说，好，去把这个奴隶买回来。

于是，公孙挚到楚国，用五张黑羊皮换回百里奚。

19. 死到临头

百里奚在放马。邻居听说秦国要将百里奚抓回去处死，都哭了，前来和百里奚告别。百里奚笑着说，这是好事儿啊，有什么好哭的，我听说秦国国君是个有远大志向的人，他会为一个逃跑的奴隶大费周章，将我抓回去治罪吗？不会的，他一定是要重用我，让我当官。我就要荣华富贵了，你们应当祝贺我才对，干吗还要哭呢？

好人啊，邻居们感叹，他死到临头了，还在想方设法安慰我们。

20. 两个老头儿

秦国国君见到百里奚，不免有些失望。他没想到百里奚已经七十多岁了。他感叹道：可惜啊，您这般年纪了。

百里奚说，让我去抓老鹰捉兔子，我是老了些；如果让我帮您治理国家，我比姜太公见文王时还年轻十岁呢。

秦国国君大笑。他与百里奚谈了三天三夜，佩服百里奚的学识见解，要拜为宰相。百里奚说，我的才能远不及蹇叔，蹇叔若来，我愿当他的副手。

蹇叔在哪里？

宋国鹿鸣村。

秦国国君派人高车驷马去请蹇叔。

蹇叔来到秦国后，百里奚私下问蹇叔，你看这个君主如何？

蹇叔说，贤明之主。

百里奚和蹇叔，这两个老头儿终于可以施展才华了。

21. 相堂认妻

百里奚做了秦国丞相，派人回宛城去接结发妻子，发现房倒屋塌，妻子下落不明。

有一天，百里奚大宴宾客，觥筹交错，笑语频频，好不热闹。一个洗衣妇提出抚琴助兴，百里奚欣然应允。洗衣妇轻抚琴弦，幽怨地唱道：

> 百里奚，五羊皮，忆往时，杀母鸡，烧门闩，今日富贵忘了我。
>
> 百里奚，五羊皮，母已死，葬南溪，今日富贵忘了我。
>
> 百里奚，五羊皮，西入秦，把官做，今日富贵忘了我。

百里奚越听越惊，上前询问，原来洗衣妇正是结发妻，因饥荒外出讨饭，一路风霜来到秦国。夫妻相认，抱头痛哭，满堂宾客无不感动。

22. 泛舟之役

大饥荒。国人陷入饥饿之中，如果没有粮食赈灾，晋国将成为饿殍遍野的世界。形势严峻，可到哪里去借粮呢？其他国家也不同程度受灾，唯有秦国粮食丰收。能去秦国借粮吗？晋国内乱时，夷吾答应割让五座城池给秦国，求得秦军护送，方才实现回国登基。但夷吾刚登基就反悔，一座城池也不给秦国，彻底得罪了秦国。现在去向人家借粮，人家会给吗？

秦国国君征求大臣意见：晋国来借粮，我们借还是不借？

多数大臣的意见是不借，不但不借，还要抓住时机攻打晋国。

百里奚说，邻居有难，理应帮助，再说得罪我们的是晋国国君，而不是老百姓，干吗要惩罚老百姓呢？

秦国国君听取了百里奚的意见，同意借粮给晋国。

从秦国往晋国运送粟米的船首尾相接，望不到头，史官称之为"泛舟之役"。

23. 报应不爽

还有天道吗？去年晋国遭灾，闹饥荒，秦国给晋国运来大批粮食。今年，秦国遭灾，晋国不但不给秦国粮食，反而发兵攻打秦国，还有天道吗？

忘恩负义，幸灾乐祸，贪婪凶狠，激怒邻国，我们这个君主真是要逆天而行。逆天而行能有什么好结果，且让我们拭目以待!

结果，晋军战败，国君夷吾被秦军俘虏。

正是：

人借我粮度饥荒，

我趁人危兴刀兵。

多行不义必自毙，

囹圄之内形吊影。

24. 师父的另一课

师父教导我说，好死不如赖活着，永远不要逞强，国家的事与我们侏儒无关，我们只是供人取乐的小丑，没人要我们操心，我们何苦来哉。可是，师父的行为却相反，他最后选择舍生取义。

他明知要送掉性命，还坚持为蒙冤的申生辩护。

言与行，我该如何选择？我想，师父要我珍惜生命，这毫无疑义。他所有的打骂为的都是培养我的生存能力。师父说过，丛林里野兽出没，十分危险，可是，宫廷比丛林要危险一百倍，活下去需要警觉和智慧。但是，师父的死给我上了另外一课，那就是，世上还有比生命更宝贵的东西——道义。为了道义，生命也可以舍弃。

25. 我接受我自己

有时，我是如此憎恶自己，恨不得马上死去。你看，我对自己多么仁慈，使用"有时"，而非"任何时候"。

更多时候，我接受我自己，接受自己是侏儒，接受自己是小丑。无法改变的，最好接受。

师父说，侏儒是我的命运，也是你的命运，但在命运之中，你还能有所作为，还能让你的生活有意义。

师父又说，不要自轻自贱，表面上可以自轻自贱，但内心里不要。

师父又说，好好活着吧，即便是侏儒，也不能白过这一生。

26. 时间与我

人们说我弄错了时间，把老年经历说成童年经历，把童年经历说成老年经历。

我说，那又怎样，时间不重要，重要的是事件。

人们说我老糊涂了。

其实，我只是忘了时间而已。

我已经一百多岁了，不只是我忘了时间，时间也把我给忘了。

27. 我给你们讲个故事，可别对号入座啊

鲁国使团来访，我奉命给他们表演节目。下面就是我表演的内容，这是一个真实故事，我只是将其做了喜剧化的处理而已。故事讲的是宋军主帅华元大战前夜杀羊犒劳将士，由于疏忽，没有给为他赶车的羊斟分羊肉。第二天两军对阵，羊斟驾车将主帅送入敌营。

我扮演羊斟，我知道他心里怎么想的。

舞台上——

华元杀羊，烤全羊，亲自为将士们分羊肉，激励他们明天奋勇杀敌。一个个言语慷慨，斗志昂扬，场面好感人啊。

我登场。

我叫羊斟，是为主帅华元驾车的人。为主帅驾车光荣吗？光荣。我一直是这么以为的。我认为主帅分羊肉肯定会给我一片，一片就行，象征性的。可是，我等啊等，等啊等，等啊等，等来什么了？一场空。羊骨头都分完了，主帅还没想到我。你们说我该不该得到一片羊肉？该！可是我没有。没有。我只是闻了闻空气中飘浮的羊肉香味。那个香啊。知道我什么心情吗？馋。不是馋，是愤怒。我以前不知道我地位这么低，现在知道了：驾车人不配得到一片羊肉！华元啊华元，你瞧不起驾车人可以，瞧不起自己的驾车人，你想过后果没有？

第二天，两军对阵。我心里说，华元啊华元，昨天分羊肉你做主，现在驾车我做主，我让你瞧瞧不给我分羊肉的后果。我驾车直奔敌营，把华元送给敌人。敌人做梦也没想到，这么轻易地就俘虏了我们的主帅。主帅被敌人俘虏，你说我们的仗还怎么打？不一败涂地才怪呢。

古人说，宁得罪君子，不得罪小人。这是至理名言。华元，不听古人言，吃亏在眼前，瞧瞧，得罪小人的后果。

宋国不得不与敌人签城下之盟，用战车百乘、骏马四百匹赎回主帅。礼物刚送去一半，华元自己逃了回来。

我比华元回来得早。华元见我，问：羊斟，怎么回事？我稀里糊涂就做了俘虏，是马出了问题吗？

我说：不是马，是人。

华元是真不明白，还是假不明白？不管那么多了，趁他还没杀我，赶快逃走吧。

表演结束，我对观众说：想知道羊斟逃到哪儿了吗？

观众：想。

我说：就在你们中间。

鲁国使者面面相觑。其中一个人站起来，朝大家一拱手，说，我就是羊斟，就此别过。

第二天，人们在城外发现羊斟的尸体，没人知道他是自杀还是他杀。

我怎么知道羊斟混在鲁国使者中间？其实我并不知道。鲁国使者中有一个人怀疑羊斟的来历，让我讲这样一个故事来试探，我觉得好玩，就接受了，试探了，没想到会出人命。

28. 玩笑开大了

楚国向郑国进献一只大鼋。郑国国君很高兴，命令厨师做成羹汤。

公子宋和公子归生一同进宫。刚到门口，公子宋突然食指大动。他举起食指对公子归生说，你看，它在动。公子归生说，这有什么好奇怪的。公子宋说，不是我动，是它在动。公子归生说，我看到了。公子宋说，我没控制，是它自己在动，它在动！公子归生说，抽筋了吧。公子宋说，胡说，抽什么筋，这是一根神奇的手指，只要它自己动，准有好吃的，可应验了，你等着瞧吧，今天一定能吃上美味佳肴。公子归生撇撇嘴，但愿如此。

他们进宫，看到厨师正在分解炖好的鼋鱼，相视一笑。国君看到，问他们笑什么，公子归生将他们笑的原因说出来。国君嘴上没说，心里想：他的食指灵验不灵验他了不算。

国君召集大臣，说，楚国进献的大鼋，这是难得的美味，寡人不愿独享，与众卿共同品尝。吩咐厨师，给每人上一碗鼋羹，但不要给公子宋上。

众大臣都喝上了鼋羹，独公子宋没有。公子宋起身说，为什么没我的？

国君笑道，你的食指灵验吗？

他将公子宋食指的故事说给大家听，大家都笑。

国君说，好美味啊，可惜呀，你品尝不到。

公子宋大怒：谁说我品尝不到？

他走到鼎前，将食指伸入鼎中，蘸上羹汤，放嘴里品尝，故意发出很响的声音。然后拂袖而去。

国君只是开个玩笑，没想到公子宋反应如此强烈，无礼之至。众大臣目瞪口呆。

国君气得摔了羹碗，叫道：可恶，我要杀了他。

众大臣劝解。公子归生说，主公息怒，我去让他来认罪。他匆匆去找公子宋。

公子宋听说国君要杀他，说先下手为强，后下手遭殃。他要杀国君。公子归生劝道：牲畜老了，尚且不忍心杀它，况且君主呢。公子宋威胁公子归生，你要不跟我干，我就说你要弑君。公子归生害怕，就跟随公子宋，一起谋反，把国君给杀了。

你瞧，郑国国君本来只是开个玩笑，结果玩笑开大了，丢掉了性命。

29. 老巫

老巫名叫桑田，是个巫师，我们都叫他老巫。听人说老巫有天眼，能看到我们普通人看不到的东西，比如未来。我不知道他的天眼长在哪儿，我想应该在头顶吧，可是我扒开他头顶油腻腻的头发看过，没看到天眼，倒是看到不少虱子。那里是虱子的天堂。

老巫平常就是个怪老头儿，邋遢，不好和人说话，总是自言自语，爱翻白眼，爱发呆，别人都不惹他，三分害怕，七分嫌恶。我不怕他，他老让我帮他捉虱子。

老巫会占梦，能预言生死。但他不给一般人占梦，只给达官显贵占梦。我让他说说我什么时候死，他说我的命贱如蝼蚁，阎王不会惦记我。这一点让他说对了，我已活得厌倦，阎王还记不起我。

30. 国君之梦（一）

一天，国君梦到厉鬼向他索命。那厉鬼眼似灯笼，舌头血红，长发及地，跳跃着朝他而来，嘴里叫着，你杀我子孙，我要报仇。国君吓得关上大门，躲进寝宫。厉鬼推倒大门，又撞开寝宫之门，朝国君扑来，国君吓醒了。

国君召老巫进宫，问是何征兆。这时候国君是晋景公，他规定人们必须称他为世上最伟大的君主。

老巫说，世上最伟大的君主，您灭了赵氏一门……

国君纠正说，赵氏还有一孤儿。

老巫说，厉鬼是赵氏祖先，他向上帝请求，得到允许，来向世上最伟大的君主索命，世上最伟大的君主大限将至，将吃不上新麦。

你是说我要死了吗？

回世上最伟大的君主，是的。

吃不上新麦吗？

回世上最伟大的君主，吃不上。

你要为你说的话负责。

回世上最伟大的君主，必须的。

老巫从宫中出来，脸色难看，问他怎么回事，他说，这是我最后一次占梦。

我说，你要改行吗？

老巫没有理我。

31. 国君之梦（二）

国君病了。派人到秦国去请一个叫缓的名医。缓还没到，国君又做了一个梦。他梦到疾病化为两个小顽童。这两个小家伙在他的五脏六腑玩耍得不亦乐乎。一个说，缓是个好医生，恐怕他会伤害我们，往哪儿逃好呢？另一个说，到肓之上，膏之下，看他拿我们有什么办法。缓来到后，未及盥洗，就被带到国君的病榻前，为国君看病。

在带这位名医到君主面前时，宦官王忠要为他简单培训礼仪，缓说我懂，我为不止一个国君看过病。宦官说，国情不同，区别还是有的，见到我们的国君，应该称世上最伟大的君主，这是国君最近要求的。缓点头，他说，单单这一点，我就知道世上最伟大的君主病得多么厉害。

国君说，我撞了邪，受了风寒，不是什么大病，你是名医，一定能手到病除。

缓号脉之后，摇摇头说，世上最伟大的君主，您的病已经到了肓之上、膏之下，恐怕——

不能针灸吗？

回世上最伟大的君主，那是心尖的位置，不敢扎针。

吃药呢？

回世上最伟大的君主，药到不了那里。

拔罐、刮痧、推拿等，其他手段呢？

回世上最伟大的君主，这些也起不到作用，没办法，真的是没办法。

国君叹息一声，朝缓竖起大拇指：你很厉害，佩服！

缓说，惭愧，惭愧，我远道而来，却对世上最伟大的君主的病束手无策，实在是惭愧啊。

国君说，这都是命，天命难违啊。

国君厚赐缓，打发他回秦国。

32. 麦子熟了，老巫倒霉了

到了六月，国君问宦官，麦子熟了吗？

太监说，回世上最伟大的君主，差不多，应该能吃了。

国君说，好，让他们献上麦子，寡人要品尝新麦。

甸人献上新麦，国君让厨子赶快拿新麦给他做一碗吃的。热气腾腾的新麦食物端上来，国君并没有马上吃，他吩咐：召老巫。

老巫进宫的时候碰到我，他对我说，以后不用你帮我捉虱子了。

我说，那还不痒死你。老巫神秘地笑笑，没说什么。

老巫进宫。

国君指着那碗新麦做的热气腾腾的食物，对老巫说，看清楚了，这是什么？

老巫说，回世上最伟大的君主，麦食。

国君说，你闻闻这香味，是新麦吗？

老巫说，回世上最伟大的君主，是的。

国君说，你说寡人吃不到新麦，现在吃到没有？

老巫不言。

国君下令砍去老巫脑袋。

国君说，这就是预言不准的代价，敢说寡人吃不上新麦，哼！

国君端碗欲吃，突然肚子胀得厉害，马上就要拉裤裆里了。他丢下碗，赶快往厕所跑。钻进厕所，手忙脚乱，脱裤子时，脚下一绊，站立不稳，一头栽进粪池里。片刻工夫，世上最伟大的君主便呜呼哀哉了。

国君果然没吃上新麦。

现在谁也不能说老巫预言不准了。

可惜啊，老巫为他这个正确的预言白白送掉了性命。

33. 宦官之梦

这天早晨宦官王忠也做了一个梦，他想请老巫给他占梦，没想到老巫被砍头了。他说他的梦绝对是好梦，他梦到他背着国君登天，还有比这更吉祥的梦吗？可惜，老巫死了，要不然他能从老巫口中知道这个吉梦什么时候应验。

中午时候，一个梯子伸入粪池，下粪池背国君上来的任务落到他头上。

大臣们听说他的梦后，让他把国君背上来，并为国君殉葬。

管葬礼的大臣对他说：这是天意，也是你的荣耀，背世上最伟大的君主登天吧。

34. 我看了一天云

我看了一天云。云没有一刻不在变化。云化为各种形象：旗帜。山。大海。树。村庄。宫殿。鸟。野牛。龙。马。战车。大象。军队……两支军队厮杀。巨人战恶魔。怪兽打僵尸。列阵。斗法。骑兵冲锋。战作一团。不分敌我。杀气腾腾。尸横遍野……夜晚降临。

如果还有一个人看云，他看到的和我看到的一样吗？也许，不同的眼睛看到的是不同的东西。

假如老巫还活着，我把看到的告诉老巫，他会预言一场战争吗？

35. 不朽

鲁国的大夫穆叔出使晋国，范宣子负责接待。

范宣子问：古人说"死而不朽"，是什么意思？

穆叔不答。

范宣子说：我祖上，在尧舜时候叫陶唐氏，在夏朝叫御龙氏，在商朝叫豕韦氏，在周朝叫唐杜氏，在晋国叫范氏，这算得上不朽吧。

穆叔说：我见识短浅，但我听说，这叫世代为官，不叫不朽。我听说，第一是立德，第二是立功，第三是立言，这三者无论过去多少时间，人们都不会忘记，这才是不朽。至于世世为官，不绝祭祀，哪一国没有啊，这实在算不上不朽。

范宣子无言以对。

36. 这儿没人

郑国，一伙强盗杀死三名执政大臣，逃到了我国。我国索要骏马一百六十匹，及著名乐师慧，方才交出为首的三个强盗。愤怒的郑国人将三个强盗剁成了肉酱。

乐师慧是盲人，被人搀扶着从朝堂上经过。他想要在这里尿尿。搀扶他的人小声提醒他，这是朝堂啊，尿不得。慧说，没人，怕什么，我就在这儿尿。搀扶他的人说，朝堂，咋会没人？慧说，必定没人，要是有人，怎么会要求郑国用盲乐师来交换几个盗贼，道义何在？如果有人，会不向国君进谏吗？既然无人进谏，说明这朝堂上是真的没有人。

慧被关了起来，等着砍头。

也许是同病相怜吧，我很想救慧。可是怎样才能救慧呢？我并无好的办法。命令是国君下达的，必须国君改变主意才行。让固执的国君改变主意，简直比登天还难。但为了慧，我要尝试一下。

我对国君说，慧这家伙太无礼了，该杀。

国君说，我还以为你要进谏哩。

我说，杀了好。

国君问，好在哪儿？

我说，慧在郑国，如同我们的师旷。可惜啊，师旷去世了。郑国人爱戴慧，如同我国人爱戴师旷。杀了慧，让郑国人伤心。别的诸侯国同情慧，也会伤心。天下人都伤心，我们正好幸灾乐祸。我们要让天下人都瞧瞧，我们多厉害，我们谁也不怕。郑国人恨我们又如何，难道会召集诸侯为慧报仇吗？不可能。他们要是敢来，我们会好好地教训他们，把他们给灭了……

国君摆摆手，不让我说下去。

随后，慧被送回郑国，一同送回去的，还有那一百六十匹骏马。

37. 装病辞官

楚国的宰相叫令尹。楚王让芴子冯当令尹。芴子冯去找申叔豫商量。申叔豫说，国内骄横跋扈的人多，而国王力量薄弱，你当令尹难以有所作为。芴子冯上书，说自己病重，无法胜任令尹之职。

正是三伏天，他住到地下室，床下放置冰块，穿上裘皮大衣，盖两层被子。楚王派医生去探视。医生回来说，是病得很厉害，只是气血还算正常。国君于是让子南当令尹。

38. 两难处境

子南当令尹一年，气焰熏天，楚王想除掉子南。子南的儿子叫弃疾，为楚王赶车。楚王每见弃疾，都忍不住流下眼泪。弃疾说，君主三次对臣流泪，臣能问为什么吗？楚王说，令尹不善，你也知道，寡人将要惩罚他，你不打算逃走吗？

弃疾说，父亲死了，儿子留下来，大王也没法重用啊，所以请准许我辞职。不过，请大王放心，国事家事我还是分得清的，大王说的这番话，我不会泄露给我父亲。

楚王在宫中埋伏刀斧手，要趁令尹子南上朝之际，将他杀死。

弃疾看到父亲换上朝服，准备上朝，不觉泪下。子南奇怪，你哭什么？弃疾说，我没哭，是风吹的。他赶快躲了起来。子南说，有事吗？弃疾没有回答。子南说，有什么事等我上朝回来再说。

子南上朝，感觉有些异样，还没等他反应过来，刀斧手就冲出来，将他砍死在朝堂上。

弃疾安葬父亲后，手下人问，现在出逃吗？

弃疾说，我知道父亲有难，可我没告诉父亲，这等于我杀害了父亲，杀害父亲的人，哪里会收留呢？

手下人又说，那么，你还要在朝中为官吗？

弃疾说，抛弃父亲，去侍奉仇人，这样的事我也做不出来。

去也不是，留也不是。弃疾无奈，遂自缢而死。

39. 一身冷汗

子南死后，楚王令薳子冯当令尹。在令尹跟前得宠的共八个人，都是无功受禄。一日上朝，子冯见申叔豫，和申叔豫打招呼，申叔豫没有回应，还故意往后退。子冯上前，申叔豫就躲到人群中。子冯还不放过，又到人群中去追，申叔豫于是跑回家中。

退朝后，子冯登门拜访，对申叔豫说，今天上朝，你三次让我难堪，是何道理？

申叔豫说，我害怕大难临头，哪里还敢对你说什么。

为什么？

你没看见子南是怎么死的吗？你比他做得还过分，我能不害怕吗？

申叔豫的话，如醍醐灌顶，子冯惊出一身冷汗。

子冯自己驾车回家，一路上魂不守舍，几次差点儿将车赶到沟里。到家后，他召集那八个得宠的人，对他们说，我刚见过申叔豫，他对我说我就要大祸临头了，他的话让我起死回生。你们谁能像申叔豫那样，可以留下来，不然，就此别过，你们好自为之。

芳子冯辞退八个亲信后，楚王这才开始信任他，放心地由他处理政事。

40. 魏绛不会逃跑

国君与诸侯会盟，让魏绛当中军司马，执掌军法。国君的弟弟扬干的马车不守规矩，冲撞军列。乱军列者，按法当斩。魏绛不能杀扬干，就将扬干的驾车人"咔嚓"了。

扬干没想到一个中军司马敢给他来这一手，肺都气炸了。他找国君告状，俗话说打狗还得看主人，这魏绛哪儿是羞辱我，他是羞辱国君您呢。国君震怒，对魏绛的上级羊舌赤说，是可忍，孰不可忍？魏绛这狗娘养的，我非杀了他不可，你给我看好，别让他逃跑了。

羊舌赤说，魏绛这个人一根筋，不会逃跑。

羊舌赤从国君的营帐出来，正好碰到我，他拉住我说，国君要杀魏绛，你去告诉他，让他快逃。我说，魏绛不是那样的人，他如果只是想活命，他就不会杀扬干的驾车人，既然敢杀扬干的驾车人，他就不会逃跑。羊舌赤说，这可如何是好？我说，我去见魏绛。

见到魏绛，我说，魏绛，你摊上大事了，你可知道？

魏绛说，知道。

我说，你认罪吗？

魏绛说，我执行军法，我无罪。

我说，国君要杀你，你还说自己无罪吗？

魏绛说，无罪。

我说，你是说国君冤枉你？

魏绛说，是的。

我说，你因为自己的耿直，让国君冤杀执法者，增加国君的过错，让国君被天下人指责，这是不是罪？

魏绛想了想说，是。

我说，现在你知道该怎么做了吗？

魏绛无语。

会盟结束，魏绛去见国君，向国君呈上书信。魏绛拔剑欲自刎，被羊舌赤抱住制止了。

国君读信。信曰：国君不以臣资历浅，委臣以重任，让臣做司马，掌军法。臣听说，军人以服从命令为天职，以宁死不犯军法为敬。君主与诸侯会盟，事关国家形象，我哪儿敢不执行军法。军队有犯军法的人，司马若不能执行军法，罪过岂不是很大？我为了军队的荣誉，不得已杀了扬干的驾车人。这都怪我事先没有申明军纪，以致要杀人。我的罪过很大，哪儿敢不就刑，而使君主发怒呢。臣请一死谢罪！

国君对羊舌赤说，寡人对你说的是气话，毕竟扬干是寡人的弟弟，得安抚他一下。魏绛杀扬干的驾车人，是执行军法。寡人有弟弟，不能很好地教育，致使其违犯军法，这都是寡人的过错。

国君对魏绛说，爱卿，你若就死，等于加重了寡人的过错，请别自杀，好吗？

魏绛还能说什么，遵命就是。

41. 桐叶封侯

唐叔虞，武王之子，成王之弟。他母亲怀他的时候，武王做了一个梦，梦见上帝对他说，你要生一个儿子，我把唐国送给他。唐叔虞生下来时，手中有胎记，形似"虞"字，于是给他起名叫虞。

武王驾崩，成王继位。成王年幼，周公摄政。一天，成王和弟弟虞玩耍，成王从地上捡个桐叶，对弟弟说，以此为圭，我封你为侯。虞非常高兴，告诉周公，说天子封我为侯了。周公问成王可有此事。成王说，我是和弟弟开玩笑的。周公说，天子无戏言。于是将虞封到唐国做诸侯，史称唐叔虞，是为晋国先祖。

这是我们国家的来历，或者说，这是历代国君或史官告诉我们的国家的来历。老百姓也愿意相信。

那么，这就是"历史"。至于真实情况是什么，又有谁关心呢？

后记

　　《侏儒与国王》在我的小说中是个独特的存在，里面每个故事都是当作单独的小说来写的，也就是说我写了六篇小说，分别发表在不同的文学杂志上。其中《侏儒》《师父之死》《帷幕后的笑声》发表在《山花》上；《弑君者》发表在《延河》上，被《小说选刊》转载；《天堂有路》发表在《广西文学》上；《马戏团》发表在《大观》上，获得蔡文姬文学奖。因为各篇采用的全是侏儒的视角，放到一起竟是一部成长小说。

　　侏儒作为宫廷伶优，地位很低，他很清楚自己所处的位置，所以最初他对事件的参与很有限，更像是一个旁观者。师父虽然教导他要守拙藏锋、明哲保身、得过且过、远离是非，却用实际行动给他上了另一课，告诉他生活中有高于生命的东西，为了这高于生命的东西可以挺身而出，舍生取义。师父正是这样做的。

侏儒受师父影响，格局变大，为了国家利益敢于挺身而出，置生死于度外。最后主动请缨，深入敌国，冒死营救被俘将军，表现出了大无畏的精神；又为两国和平，敢于自我牺牲，表现出更高的思想境界。

本书故事皆采自《左传》。小说中故事的顺序与《左传》不一样，也就是说我进行了乾坤大挪移。小说中的顺序是我写作的顺序，先写的放前面，后写的放后面，如此而已。看上去很随意，但意外地合乎侏儒的成长轨迹。侏儒诞生于我的头脑，他也在我的头脑里一步步成长起来，最终成为一个有智慧有担当的人。

这部小说出版后，朋友们都很喜欢，说是我最好的小说。"这才是真正的中国故事，这才是优美典雅的汉语。"（刘丽朵语）我自己尤其喜欢这本书，重读，还是喜欢。有陌生读者留言，说"出人意料地好看"。瞧，小说自己寻找到了它的读者。希望有更多的读者喜欢这部小说。

这部小说有可能做出几部话剧，也有可能做成电影，至于什么时候搬上舞台或搬上大银幕，则要看各种机缘了。